Christian Tielmann

Schatzjäger in der Karibik

Ein Abenteuer auf hoher See

dtv junior Tigerauge

Schau mit dem Auge des Tigers!

Sei wachsam und mutig, denn auf Dich warten große Abenteuer. Tauch ein in die Welt der Ritter! Du bist dabei, wenn Mammuts gejagt werden! Du erlebst, wie ein Schatz aus der Tiefe des Meeres gehoben wird! Sei neugierig auf die Welt und entdecke ihre Geheimnisse in spannenden Geschichten. Willst Du noch mehr erfahren? Dann schau genau hin: In den vielen Bildern steckt eine Menge Wissen zu Deinen Lieblingsthemen. dtv junior Tigerauge – das sind Bücher für Kinder mit Durchblick.

Christian Tielmann wurde 1971 in Wuppertal geboren. Er studierte Philosophie und Deutsch in Freiburg und Hamburg. Heute lebt er in Köln und schreibt seit 1999 für verschiedene Verlage Kinder- und Jugendbücher.
Weitere Titel von Christian Tielmann bei dtv junior: siehe Seite 6.

Volker Fredrich, geboren 1966 in Mühldorf am Inn, studierte an der Fachhochschule Hamburg Illustration. Seit 1996 arbeitet er als freier Illustrator für zahlreiche Kinder- und Schulbuchverlage. Für dtv junior stattete er bereits verschiedene historische Mitratekrimis aus.

Christian Tielmann

Schatzjäger in der Karibik

Ein Abenteuer auf hoher See

Mit Illustrationen
von Volker Fredrich

Deutscher Taschenbuch Verlag

Von Christian Tielmann sind bei dtv junior
außerdem lieferbar:
Andi & Laura oder Wie man seinen Lehrer vergrault,
dtv junior 70828
Andi & Laura oder Lehrerinnen küsst man nicht,
dtv junior 71171

Originalausgabe
In neuer Rechtschreibung
Juni 2008

www.dtv-tigerauge.de
Umschlagkonzept: Ralph Bittner
Umschlagbild: Volker Fredrich
Lektorat: Maria Rutenfranz
Herstellung: Stephanie Lütje
Gesetzt aus der Caslon 12,5/16
Satz: Greiner & Reichel, Köln
Druck und Bindung: Druckerei C.H. Beck, Nördlingen
Gedruckt auf säurefreiem, chlorfrei gebleichtem Papier
Printed in Germany · ISBN 978-3-423-07712-5

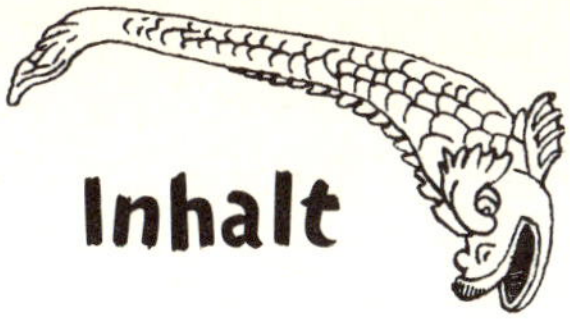

Inhalt

Hamburg

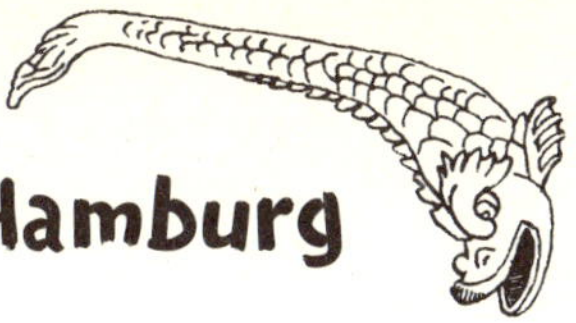

»Nein, Mama. – Ja, Mama. – Klar, Mama. – Tschüss, Mama!« Luzie legte den schweren Telefonhörer zurück auf das schwarze Uralt-Telefon.

»Macht sie sich Sorgen?« Luzies Vater nippte an seinem Kaffee.

Luzie nickte. Klar machte sich ihre Mutter Sorgen. Sie machte sich immer Sorgen, wenn Luzie bei ihrem Vater war. Dabei hatten ihre Eltern es doch selbst so ausgemacht: Eine Hälfte der Sommerferien und ein Wochenende pro Monat durfte Luzie bei ihrem Vater in Hamburg verbringen, wenn sie Lust hatte. Und Luzie hatte immer Lust. Denn mit ihrem Vater konnte Luzie Sachen machen, die sonst niemand mit ihr machen wollte. Aber kaum war sie in Hamburg und ihre Mutter wieder zu Hause in Lüneburg, machte sich Luzies Mutter Sorgen.

»Dazu hat sie ja auch allen Grund.« Luzies Vater grinste über den Rand seiner Kaffeetasse.

Luzie verdrehte die Augen. Sie hasste es, wenn ihre Eltern schlecht übereinander sprachen. Die beiden hatten sich doch getrennt – konnten die dann nicht endlich mal mit der Streiterei aufhören? Das wollte Luzie ihrem Vater auch gerade an seinen Dickschädel werfen, als der sagte: »Ich hab was für dich besorgt.« Er zeigte auf das große Paket, das auf dem Küchentisch lag. »Ich hoffe, es passt alles.«

Luzie riss das Packpapier vom Paket ab, öffnete den Karton darunter und kam aus dem Staunen nicht mehr heraus. In dem Karton lag eine nagelneue Tauchausrüstung! Ein orangefarbener Tauchanzug, leuchtend gelbe Schwimmflossen, eine neue Tauchmaske samt Atemausrüstung und ein Gürtel mit Bleigewichten! Jetzt fehlten nur noch die Druckluftflaschen für die Atemluft.

Luzie war platt. Ihr Vater schenkte ihr immer was, wenn sie das Schuljahr überlebt hatte, aber mit so etwas hatte sie nicht gerechnet. Und Tauchen war Luzies absoluter Lieblingssport! Schon als Kindergartenkind hatte sie zuerst Tauchen und dann Schwimmen gelernt. In Lüneburg war sie im Tauchverein und trainierte jede Woche im Baggersee. Holger, ihr Tauchlehrer, hatte sogar versprochen, dass sie nach den Ferien mit in die Ostsee dürfe. Nur eine eigene Tauchausrüstung, die hatte Luzie bis jetzt noch gefehlt. Alles Bitten und Betteln, alle

Wut- und Tobsuchtsanfälle hatten nichts geholfen: Ihre Mutter hatte sich stur gestellt und behauptet, dass die Ausrüstung viel zu teuer sei. Dabei war das nur die halbe Wahrheit. Die andere Hälfte der Wahrheit war, dass Luzies Mutter dieses Hobby nicht besonders mochte, weil sie das Tauchen an Luzies Vater erinnerte. Denn Tim Timm war von Beruf Kapitän und liebte alles, was mit Wasser zu tun hatte. Gemeinsam mit ihm zu tauchen, das war für Luzie einfach das Größte.

»Danke!«, sagte Luzie noch ganz benommen vor Glück. »Hast du zufällig im Lotto gewonnen?«

Tim Timm lachte. »Sozusagen. Ich habe einen Vorschuss für einen neuen Job bekommen. Einen sehr großen Vorschuss für einen sehr gut bezahlten Job.« Er nahm die Tauchmaske aus dem Karton. »Probier's am besten gleich mal an. Ich will nämlich heute Nachmittag mit dir ...«

»Tauchen?«, jubelte Luzie. »Wo denn ...?«

»Langsam, langsam. Die Elbe ist nicht ohne!«, sagte ihr Vater. »Aber ich habe eine Stelle gefunden, an der ...« Das Telefonklingeln unterbrach ihn.

Jetzt hatte Luzie aber die Nase voll von den Sorgen ihrer Mutter! Sie schnappte sich den Hörer und schimpfte los: »O Mama! Das nervt! Du kannst ganz beruhigt auf deine Bergtour mit Jens fahren! Du hast bestimmt einen prima Urlaub! Und ich auch. Ich bin hier bei Papa und es passiert mir schon nichts! Wir tauchen nur ein bisschen, aber Papa ist ja dabei. Also hör endlich auf, dir Sorgen zu machen!«

Am anderen Ende war Schweigen.

»Mama?«

»Mit wem spreche ich bitte?«, fragte eine Frauenstimme, die Luzie nicht kannte. Ihre Mutter war das jedenfalls nicht. Luzie wurde knallrot und sagte kleinlaut: »Luzie Timm, Entschuldigung. Ich habe Sie wohl verwechselt.«

»Wagner hier. Kann ich mit Kapitän Tim Timm sprechen?«, fragte die Frau ziemlich nüchtern.

»Klar!« Luzie reichte den Telefonhörer an ihren Vater weiter.

»Ja, bitte? – Nein, Frau Wagner. – Ja, Frau Wagner. – Klar, Frau Wagner. – Tschüss, Frau Wagner.« Luzies Vater hielt den Telefonhörer noch einen Moment nachdenklich in der Hand, ehe er ihn zurück auf die Gabel legte. Er kratzte sich am Kinn. »Den Tauchgang müssen wir wohl verschieben.«

Luzie hätte gar nicht sagen können, wie enttäuscht sie war!

»Ich muss zu einer Besprechung mit Frau Wagner,

du kannst aber mitkommen.« Mit einem leichten Lächeln fügte der Kapitän hinzu: »Könnte spannend werden.«

Luzie legte den Kopf schief. »Ist das etwa deine neue Freundin, Papa?«

Tim Timm schüttelte energisch den Kopf. »Lieber knutsche ich zehn nackte Kröten!« Er stellte seinen Kaffeepott in die Spüle und angelte sich seine Lederjacke von der Stuhllehne. »Na los, na los, Frau Wagner hasst es, wenn sie warten muss!«

Frau Wagner hatte ihr Büro in einem der gläsernen Gebäude direkt am Hamburger Hafen.

»Kann ich nicht hier warten, bis du fertig bist?« Luzie sah sehnsüchtig auf die großen Containerschiffe.

Aber ihr Vater war dagegen. »Nichts da! Du kommst mit. Du wirst staunen …« Sie überquerten eine breite Straße. »Frau Wagner hat nämlich einen sehr interessanten Beruf.«

Luzie verdrehte die Augen.

»Sie ist Schatzsucherin.« Tim Timm hielt seiner Tochter die Tür zum Bürogebäude auf.

»Schatzsucherin?« Luzie traute ihren Ohren kaum.

»Ich habe ihr vor einiger Zeit geholfen, ein paar

Seekarten zu lesen, und diese mit alten Karten der Spanier verglichen. Sie ist auf der Suche nach einem in der Karibik untergegangenen Schiff, der Galeone *Santa Clara*. Soll ziemlich viel Gold drin gewesen sein.«

Galeone? Karibik? Schatzsuche? Luzie wurde schwindelig. Das war ja der Hammer! Ihr Vater kannte die Karibik wie seine Westentasche und er war ein Spezialist, was das Studieren alter Seekarten anging. Das wusste Luzie genau. Und sie wusste, dass ihr Vater gerne untertrieb, wenn es um seine Fähigkeiten ging. Wenn diese Frau Wagner ausgerechnet Tim Timm als Kapitän anheuerte, dann hatte sie einen verflixt guten Riecher. Luzie konnte es kaum fassen: Ihr Vater war drauf und dran, einen echten Goldschatz zu heben!

»Ist das der neue Job, mit dem du so viel Geld verdienst?«, fragte sie.

Tim Timm nickte. »Und wenn alles glattläuft, dann wird es noch ein bisschen mehr. Denn die ganze Mannschaft ist am Erfolg beteiligt.«

Wenn Luzies Vater von »ein bisschen mehr« sprach, dann meinte er »viel mehr«. Vielleicht meinte er sogar »sehr viel mehr«. Allerdings hatte die Sache einen Haken: Luzies Vater war zwar Kapitän,

Santa Clara

Was ist eine Galeone?

Die Santa Clara ist eine Galeone. Galeonen sind große Segelschiffe mit drei bis vier Masten und mit bis zu vier Decks, wobei sie nicht nur am Heck (hinten), sondern auch im vorderen Teil des Schiffs einen Aufbau (Galion genannt) haben. Die Spanier benutzten Galeonen bis ins 17. Jahrhundert, um Gold- und Silberschätze aus Amerika nach Spanien zu bringen.

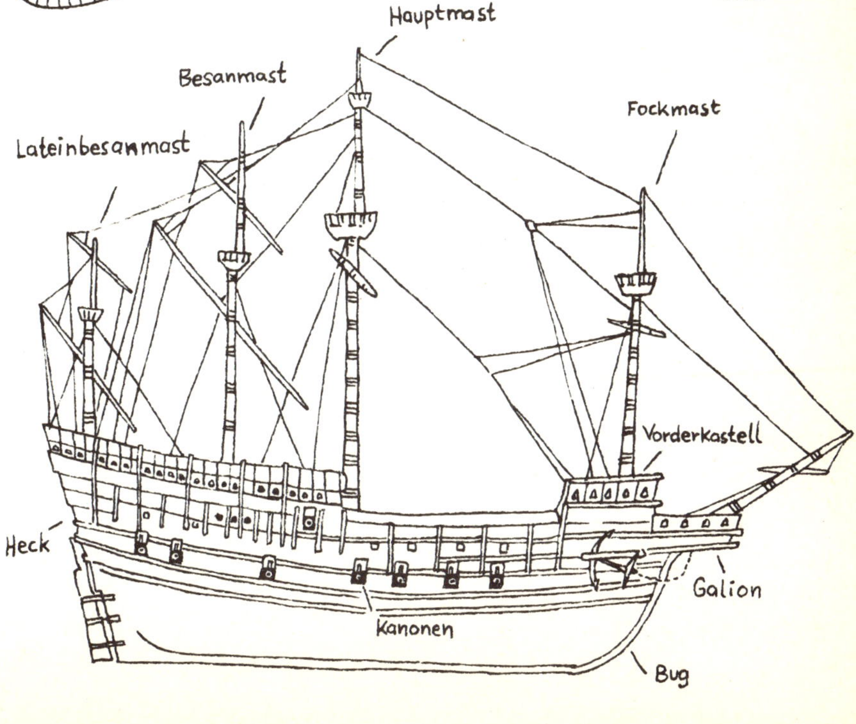

aber er hatte schon seit zwei Jahren kein Schiff mehr betreten. Denn seine letzte Reise in die Karibik war nicht gerade erfolgreich verlaufen. Irgendwo vor Kuba war der Frachter auf Grund gelaufen. Und das nur, weil die gesamte Mannschaft besoffen gewesen war. Es war ein Riesenglück gewesen, dass niemand verletzt worden war und sie die Ladung noch retten konnten. Aber als Kapitän war Tim Timm seitdem für die meisten Reedereien natürlich erledigt – auch wenn er sich noch so gut auskannte.

Anscheinend hatte Frau Wagner schon mehr als einen wertvollen Schatz gefunden, denn bereits auf dem Weg zu ihr roch es nach Geld: Im Empfangsraum vor dem eigentlichen Büro in der siebten Etage saß eine Dame hinter einem unglaublich breiten Tresen in einem unglaublich leeren Zimmer mit Blick über die halbe Stadt.

Hinter dieser Dame hing ein großes Wappen an der Wand. In der Mitte dieses blauen Wappens prangte ein knallrotes Wagenrad, auf dessen Nabe eine gelbe Kompassnadel gemalt war. Auf dem Rand stand »Expeditionen Wagner Weltweit«, unten waren groß die drei Anfangsbuchstaben wiederholt: EWW.

Die Empfangsdame nickte Luzies Vater freundlich zu. Dann drückte sie einen Knopf und sagte in eine Gegensprechanlage: »Frau Doktor Wagner, Kapitän Timm ist jetzt da.«

»Soll reinkommen«, krächzte die Antwort aus der Gegensprechanlage.

Die Empfangsdame stand auf und führte die Timms einen Flur entlang.

»Für wen sucht die Wagner denn Schätze?«, flüsterte Luzie ihrem Vater zu.

»Komplizierte Geschichte«, raunte ihr Vater zurück. »Für sich selbst und für die Wissenschaft, die Ärchäologie. Die Archäologie ist das, was die Wagner angeblich wirklich interessiert. Die meisten Schätze, die sie gefunden hat, hat sie auch tatsächlich irgendwelchen Museen zur Forschung übergeben – aber vorher hat sie natürlich ordentlich Finderlohn kassiert.« Er grinste. »Diesmal hat sie sich etwas ganz Neues ausgedacht: Sie hat sich in einem Vertrag das Recht gesichert, mit den schönsten Fundstücken eine eigene Ausstellung zu machen. Und wenn die Wagner das findet, was sie vermutet, dann könnte diese Ausstellung allein reichen, um sie stinkreich zu machen – wenn sie das nicht schon längst wäre.«

Sie erreichten das Ende des Flurs. Die Empfangsdame öffnete die Tür. Vor einer großen Fensterfront saß eine kleine Frau, die etwa im Alter von Luzies Eltern war, an einem gläsernen Schreibtisch. An den Wänden links und rechts standen Glasvitrinen, in denen Porzellantässchen, Gold- und Silbermünzen, kleine Figuren und allerlei Fotos ausgestellt waren. Frau Wagner tippte konzentriert auf ihrer Tastatur herum, während sie sagte: »Nehmen Sie Platz, Kapitän, nehmen Sie Platz.«

Tim Timm schob Luzie vor sich her zu dem Stuhl vor dem Schreibtisch, während Frau Wagner weiterredete, ohne aufzuschauen.

»Die Vorbereitungen sind beendet, Käpten! Ich habe endlich die letzte Genehmigung der kubanischen Regierung. Morgen früh geht es los, wir nehmen die Maschine um sieben Uhr. Ich wollte nur noch einmal die letzten Details mit Ihnen durchsprechen. Angelika hat schon Ihr Flugticket besorgt, das können Sie gleich mitnehmen.« Frau Wagner feuerte ihre Sätze so energisch in den Raum, dass Luzie sofort verstand, warum sich ihr Vater niemals in sie verlieben würde und lieber zehn nackte Kröten als diese Dame küssen wollte: Frau Wagner war ein Drachen!

Endlich sah sie von ihrem Computerbildschirm auf. »Oh, ich sehe, Sie sind nicht allein!«

»Das ist meine Tochter. Luzie ist in den Ferien bei mir.« Luzies Vater lächelte. »In den nächsten drei Wochen kann ich hier nicht weg. Tut mir leid.«

»Unsinn!« Frau Wagner machte eine wegwerfende Handbewegung. »Marco ist auch dabei!« Plötzlich richtete sie ihren Blick auf Luzie. Sie lächelte etwas gequält und fragte: »Warst du schon mal in der Karibik, Mädchen? Da gibt es Palmen, Strände und dein Vater kauft dir bestimmt eine Kokosnuss! Und mein Sohn Marco kommt auch mit! Ihr seid etwa im selben Alter. Ist doch wunderbar, oder? Sommerferien in der Karibik, so was haben deine Freundinnen bestimmt nicht.«

Luzie rutschte aufgeregt auf ihrem Stuhl herum. Diese Frau Wagner sprach zwar wie ein Drachen, aber ihre Ideen waren super! Karibik! Luzie würde ihre nagelneue Tauchausrüstung mitnehmen und nach einem Schatz tauchen!

Sie wollte Frau Wagner gerade fragen, wo und in welcher Wassertiefe denn das Wrack läge, denn tiefer als zwölf Meter war Luzie bisher nicht getaucht und das durfte sie auch nicht, das hatte ihr Tauchlehrer gesagt.

Aber da hörte sie ihren Vater sagen: »Moment, Moment! So einfach geht das nicht!«

Frau Wagner kniff die Augen zusammen und lehnte sich in ihrem Chefsessel zurück. »Und warum nicht?«

»Wir müssen erst ihre Mutter fragen!«

Frau Wagner deutete achselzuckend auf das Telefon, das vor ihr auf dem Glastisch stand.

Aber Luzies Vater vergrub seine Hände in den Hosentaschen und grummelte: »Darauf muss ich mich erst vorbereiten. Meine Exfrau und ich sind ein bisschen schwierig.«

Das war mal wieder eine typische Untertreibung von ihrem Vater: Ihre Eltern waren nicht nur *ein bisschen* schwierig. Sie waren *extrem* schwierig. Aber ehe Luzie etwas sagen konnte, schoss Frau Wagner schon wieder einen ihrer Kanonenkugel-Sätze in den Raum. »Vier Jahre!«

Luzie hatte nicht die leiseste Ahnung, was das bedeuten sollte.

Aber ihr Vater schien schon zu wissen, was jetzt kommen würde. Er verdrehte die Augen.

Plötzlich sprang die kleine Frau aus ihrem Chefsessel auf und tigerte in ihrem riesigen Büro auf und ab: »Vier Jahre habe ich daran gearbeitet, dass wir endlich zu dieser Expedition aufbrechen können! Ich habe mit der spanischen und der kubanischen Regierung verhandelt, habe mein Schiff umgebaut, es in Amerika mit der allerneusten Technik ausgestattet und nach Havanna bringen lassen! Ich habe sechs Monate in verstaubten Bibliotheken gesessen und alte Gerichtsakten und Versicherungsunterlagen studiert, habe Seekarten gefunden, heimlich kopiert und mit größter Sorgfalt ausgewertet. Ich habe eine spitzenmäßige Mannschaft zusammengestellt – und nicht zuletzt habe ich einen Kapitän gefunden, der die Karibik wie seine Westentasche kennt.« Plötzlich blieb Frau Wagner stehen. »Ich weiß, *wo* die *Santa Clara* liegen muss. Ich weiß, *was* sie geladen hat. Ich habe die gescheiterten Versuche, das Wrack zu finden, ausgewertet und ich habe, wie Sie wissen, eine Computersimulation der Strömungen vor Kuba erstellen lassen! Kurz: Ich habe alle Hindernisse aus dem Weg geräumt! *Das* war schwierig. Dagegen ist Ihre Exfrau ein Klacks!« Frau Wagner drückte Luzies Vater den Telefonhörer in die Hand. »Klären Sie das, Kapitän! Jetzt!«

Und noch ehe Tim Timm etwas dagegen sagen konnte, war die kleine, energische Frau aus dem Büro geschwirrt.

»Lassen Sie sich Zeit«, sagte sie, den Kopf noch einmal hereinstreckend. »Angelika besorgt für Ihre Tochter ein Flugticket und das Visum, und ich trinke so lange eine Tasse Tee, das dauert ...« Sie warf einen Blick auf die Uhr. »... sagen wir mal, vier Minuten. Bis dahin sollte das Problem mit Ihrer Exfrau gelöst sein!«

In der Tiefe des Kleiderschranks

»Hat Frau Wagner wirklich ein halbes Jahr in einer Bibliothek gesessen?« Statt mit ihrer neuen Ausrüstung in der Elbe zu tauchen, stand Luzie am Nachmittag bei ihrem Vater im Schlafzimmer und konnte es noch immer nicht fassen: Sie würde nach Kuba fliegen! Ganz ohne Streit und Geschrei aus dem Telefon hatte ihr Vater es zwar nicht geschafft, aber am Ende war Luzies Mutter doch einverstanden gewesen. Luzie hatte ihren Koffer gar nicht erst ausgepackt.

Tim Timm kniff die Augen zusammen und schien irgendetwas in der Tiefe seines Kleiderschranks zu betrachten. »Die Wagner ist ein Profi. Die macht seit Jahren nichts anderes, als Schätze zu suchen. Und um herauszufinden, wo ein Schiff gesunken ist, muss sie erst einmal herausfinden, ob überhaupt ein Schiff gesunken ist und was das Schiff geladen hatte. Dazu latscht sie in die Bibliothek und liest.«

»Gibt's da etwa ein Buch, wo drinsteht, wann und wo ein Schiff gesunken ist und was es geladen hatte?«

Luzie sah den Titel des Buches schon vor ihrem inneren Auge:

Alle Schätze der Welt
Wo sie liegen und wie man sie finden kann

»So einfach ist das natürlich nicht.« Tim Timm pfefferte eine Ladung Socken in seinen Seesack. »Frau Wagner hat nach alten Gerichtsakten gesucht.«

»Akten?« Luzie verstand kein Wort.

Luzies Vater kratzte sich am Hinterkopf. »Wie soll ich das erklären? Jedes Schiff gehört ja irgendjemandem. Und wenn ein Schiff sinkt, dann will derjenige, dem es gehört, natürlich wissen, was passiert ist. Meistens verklagt er dann den Kapitän vor Gericht. Und jedes Gericht hält in Akten fest, wie die Richter entschieden haben. Die *Santa Clara* gehörte König Philipp von Spanien. Sie sollte eine Ladung aus 200 Goldbarren, jeder Menge Silbermünzen und altem indianischen Goldschmuck aus Südamerika nach Spanien bringen. Im Jahr 1628 ist die *Santa Clara* zusammen mit anderen Schiffen vom Hafen in Vera Cruz in Mexiko losgesegelt. Nur war die *Santa Clara* dummerweise mit dem ganzen Gold und Silber ziemlich überladen. Der Kapitän, Don Juan de Altonara, wollte nach Havanna und von dort aus nach Spanien fahren. Aber Piraten haben dem Konvoi kurz vor dem Hafen von Havanna aufgelauert.«

Luzie starrte ihren Vater an. »Echte Piraten?«

Luzies Vater nickte. »Klar. Zu dieser Zeit wimmelte es in der Karibik von Piraten. – Kapitän de Altonara hat versucht, den Piraten davonzusegeln, und hat sich in einer Bucht versteckt. Aber die Piraten haben ihn entdeckt. Es gab eine Seeschlacht. In dieser Schlacht ist die *Santa Clara* gesunken.«

»Mit dem ganzen Gold und Silber an Bord?« Luzie lehnte sich an den Türrahmen. »Und was hat der König dazu gesagt?«

»Der war sauer.«

»Kann ich mir denken.«

»König Philipp war so sauer, dass er Kapitän de Altonara und den Ersten Offizier, die sich vor den Piraten nach Spanien retten konnten, vor Gericht anklagte. Er wollte genau wissen, was passiert ist. Er hat alle Überlebenden der Schlacht als Zeugen gehört. Und schon bald war klar: Der Kapitän hatte das Schiff selbst versenkt, damit das Gold und Silber nicht den Piraten in die Hände fiel.«

Luzie sah ihren Vater an. »Echt? Und was hat der König dazu gesagt?«

Kapitän Timm zuckte mit den Schultern. »Das

steht nicht in den Akten. Aber er hat den Kapitän laufen lassen. Anscheinend war es ihm lieber, dass seine Schätze auf dem Grund des Meeres irgendwo vor Kuba in einer Bucht liegen, als dass die Piraten sie kriegen.«

»Und das alles ist in den Gerichtsakten aufgeschrieben?«, fragte Luzie.

Ihr Vater stand auf. »Ja. Es ist sogar genau aufgeschrieben, was alles an Bord war: von der ersten Kanone bis zur letzten Silbermünze. Daher weiß die Wagner ja auch, wie sehr es sich lohnt, nach der *Santa Clara* zu suchen. Und es gibt eine relativ genaue Beschreibung der Bucht, in der die Schlacht stattfand.«

Luzie kratzte sich am Kopf. »Aber wenn das einfach in den Gerichtsakten steht, dann haben doch garantiert schon irgendwelche anderen Schatzsucher diesen Schatz, hinter dem die Piraten her waren, entdeckt!«

»Langsam, langsam!« Tim Timm stopfte die Kleider tiefer in seinen Seesack. »Nur weil etwas irgendwo aufgeschrieben ist, heißt das ja noch lange nicht, dass jeder weiß, *wo* es steht! Frau Wagner hat Monate damit verbracht, diese alten Gerichtsakten zu lesen, bis sie den Fall der *Santa Clara* endlich entdeckt hat.« Er schloss den Seesack mit einem Karabinerhaken. »Als sie dann endlich ihren Fall hatte, hat sie alte Seekarten genommen und damit versucht herauszufinden, wo das Schiff nach den Angaben des Kapitäns von damals untergegangen war. Und sie hat geprüft, ob das Wrack schon geborgen wurde.«

»Und?«

»Hat keiner gefunden.« Luzies Vater grinste.

»Was ist daran so lustig?«, fragte Luzie.

Tim Timm grinste noch mehr. »Der Witz ist: Dieser Kapitän Juan de Altonara hat zwar sein Schiff verloren, aber er hat auch etwas gefunden: eine Insel. Nämlich die Insel, vor der er sein Schiff vor den Piraten versteckt hat. Die hieß früher auch nach ihm: *Cayo Altonara*. Aber schon seit dreihundert Jahren wird diese Insel von niemandem mehr so genannt. Denn seit langer Zeit heißt sie so, wie sie aussieht: Die Insel hat die Form des Buchstaben ›W‹ – deshalb heißt sie ›W-Insel‹. Auf spanisch: *Cayo Uve Doble*.«

»Und das hast du gewusst?«, fragte Luzie.

Tim Timm schüttelte den Kopf. »Nein, aber ich habe gewusst, dass es diese Insel auf sehr alten Karten der Karibik, die die Piraten und auch die spanischen Seefahrer benutzt haben, noch nicht gab. Und ich weiß, wie schnell eine schwer beladene Galeone wie die *Santa Clara* ungefähr vorankommen kann. Beides zusammen hat mich draufgebracht, dass de Altonara diese Insel erreicht haben könnte. Und als ich einmal auf *Cayo Uve Doble* gestoßen war, habe ich einfach nachgeforscht, wann diese Insel entdeckt wurde – und da habe ich ihren alten Namen auf einer Karte entdeckt.«

Wo versank die Santa Clara?

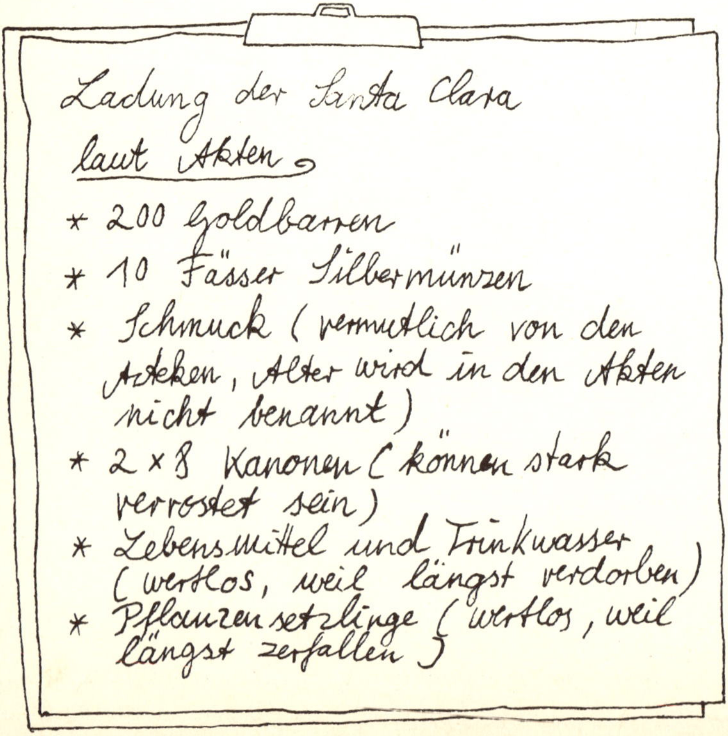

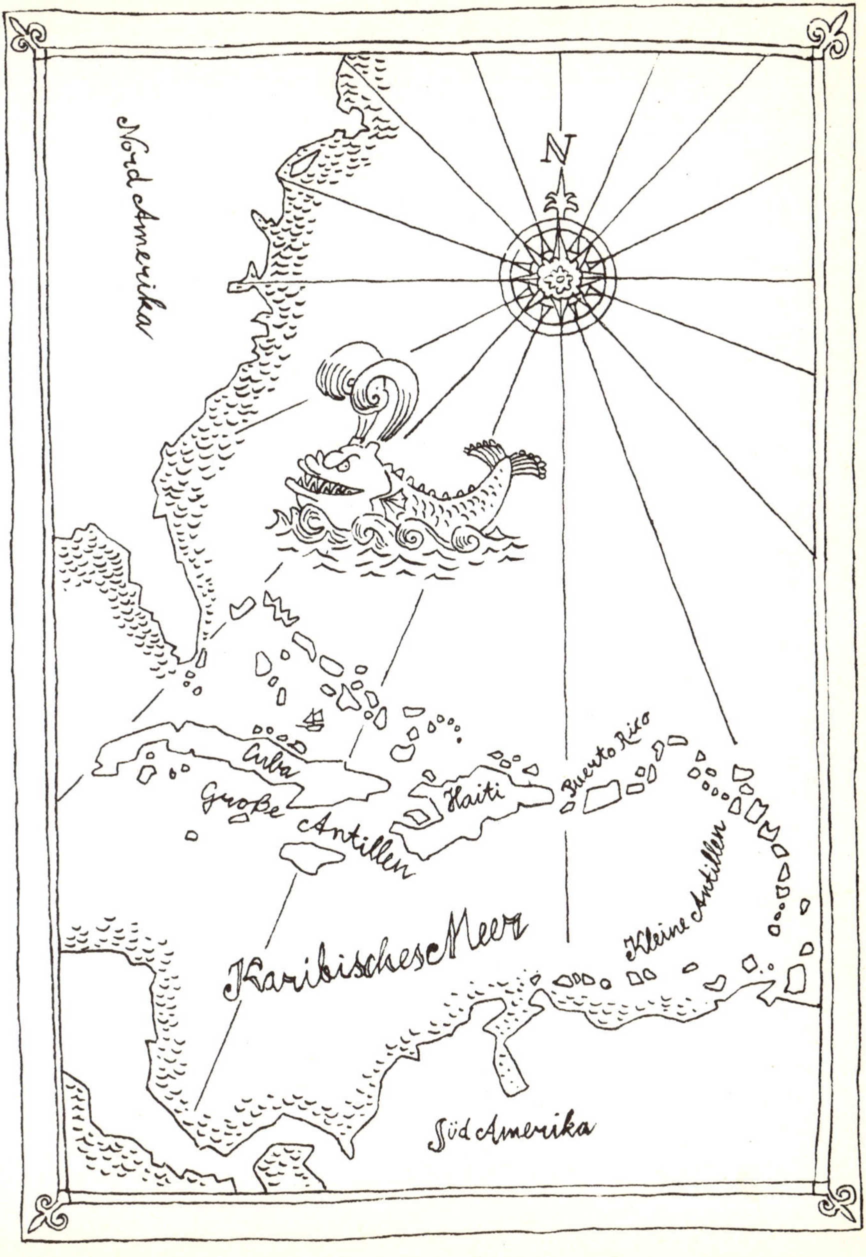

Nord Amerika
N
Cuba
Große Antillen
Haiti
Puerto Rico
Kleine Antillen
Karibisches Meer
Süd Amerika

»Also hast eigentlich *du* herausgefunden, wo das Wrack liegt!«, sagte Luzie voller Bewunderung.

»Nein. Ich habe nur geholfen. Ohne die Wagner wäre ich noch nicht mal auf die Idee gekommen, so nach einem Schatz zu suchen. Die Wagner ist ein Profi. Die hat schon im Mittelmeer, vor Gibraltar und sogar im Wüstensand nach Schätzen gesucht – und welche gefunden. Daher hat sie ja auch das Geld, nach weiteren Schätzen zu suchen.«

»Darf ich meine Tauchausrüstung mitnehmen?«, fragte Luzie plötzlich.

»Vergiss es!« Ihr Vater betrachtete Luzie von der Seite. »Du glaubst doch nicht im Ernst, dass du nach dem Wrack tauchen darfst! Das ist viel zu gefährlich!«

»O Mann, Papa, ich will nur ein bisschen am Strand rumschnorcheln«, log Luzie. Natürlich wollte sie nach dem Wrack der *Santa Clara* tauchen.

Aber Tim Timm machte seinem Ruf als Dickschädel alle Ehre. »Daraus wird nichts. Der ganze Tauchplunder bleibt hier, damit du nicht auf dumme Gedanken kommst!«

Das werden wir ja sehen, dachte Luzie.

Flug Nummer T1 3452

Er war zum Kotzen.

Und Luzie war sowieso schon übel. 12 Stunden Flug, schlechtes Wetter über den Azoren, und als wäre das nicht schon schlimm genug, saß neben ihr auch noch Mister Ich-weiß-es-aber-besser! Eigentlich hieß er natürlich nicht Mister Ich-weiß-es-aber-besser, sondern Marco Wagner. Und eigentlich war er auch gar kein Mister, sondern ein Junge. Ein blöder, nervender Klugscheißer, der genau wie Luzie zehn Jahre alt war.

»Diese Luftlöcher könnte ich echt auf den Mond schießen!«, stöhnte Luzie, als das Flugzeug mal wieder absackte.

»Es gibt keine Luftlöcher«, verbesserte Marco sie. »Die Luft ist ein Gasgemisch. Darin sind keine Löcher. Die Turbulenzen sind Winde, die von allen Seiten auf das Flugzeug drücken.« Er saß in seinem Erste-Klasse-Luxussitz, schlürfte ein Glas Wasser und fügte ungefragt hinzu: »Wenn du mich fragst …«

Ich frag dich aber nicht, dachte Luzie, aber das

konnte sie nicht sagen, weil sie sich ganz und gar darauf konzentrieren musste, nicht zu kotzen.

»… dann sind Turbulenzen gerade der Beweis dafür, dass ein Flugzeug *nicht* abstürzt, wenn die Piloten sich nicht blöd anstellen. Denn das Flugzeug fängt sich ja immer wieder. Aber das geht natürlich nur, solange die Tragflächen den Winden standhalten. Wer mit einem Flugzeug in einen gefährlichen Wirbelsturm gerät, ist verloren. Dann fallen erst die Triebwerke aus und dann …«

Zum Glück streckte in diesem Augenblick Luzies Vater den Kopf zwischen den beiden Sitzen von Luzie und Marco vor und sagte: »Halt die Luft an, Marco.«

Dann lehnte er sich wieder zurück und murmelte Frau Wagner, die neben ihm saß, zu: »Tut mir leid, ist mir so rausgerutscht.«

»Luzie ist wohl noch nicht so oft geflogen?«, fragte Frau Wagner. »Marco ist das ja gewohnt. Er war schon auf allen Kontinenten der Erde.«

Luzie verdrehte die Augen. Bei der Mutter war es ja kein Wunder, dass Marco eine Macke hatte. Aber wenigstens hielt er endlich die Klappe.

Dafür war Frau Wagner nicht mehr zu stoppen. Sie nutzte den Flug, um Kapitän Timm auf den neuesten Stand der Dinge zu bringen. Sie hatte irgendein Spezialgerät gekauft, mit dem sie den Meeresboden absuchen wollte. Ihr Techniker hatte das Gerät schon nach Havanna geschafft. Das Schiff lag auch schon im Hafen von Kubas Hauptstadt. Die ganze Mannschaft war schon angeheuert, es fehlten nur noch die Taucher.

Luzie lehnte sich genüsslich in ihrem Sessel zurück. Gute Taucher waren bestimmt sehr schwer zu finden. Und Luzie hatte ihre nagelneue Ausrüstung dabei. Wozu hatte ihr Rollkoffer ein Extrafach für Anzüge? Luzie schloss die Augen und sah den Zeitungsartikel schon vor sich:

Taucher-Luzie (10) findet Piratenschatz!

Havanna, Luzie T. (10!) ist der neue Star der Firma Expeditionen Wagner Weltweit (EWW). Frau Dr. Elsa Wagner, Inhaberin von EWW, ist zu Recht stolz auf ihre junge Taucherin. Denn Luzie ist es gelungen, in einem einzigartigen Tauchgang die Schätze aus dem Wrack der *Santa Clara* zu bergen. »Ohne Luzie wären wir aufgeschmissen gewesen. Denn es gibt in Havanna einfach keine brauchbaren Taucher«, so Frau Dr. Wagner. Die Schatzsuc

Und die *Santa Clara* wäre erst der Anfang! Als Nächstes würde Luzie nach alten Wikingerschiffen, römischen Galeeren und sogar nach der *Titanic* tauchen! Sie würde die Schule einfach abbrechen – schließlich hatte sie jetzt ihren Traumberuf gefunden: Sie war eine der ganz wenigen Wracktaucherinnen der Welt und die jüngste noch dazu!

Doch Luzies Traum platzte wie eine Luftblase, die an die Wassseroberfläche gestiegen war, als sich auf einmal Frau Wagners Stimme vernehmen ließ:

»In Havanna wimmelt es von Tauchern. Mein neuer Cheftechniker, Herr Schramm, wird fürs Erste zwei Männer anheuern. Meine Archäologin, Frau Söthe, ist ebenfalls eine erfahrene Taucherin …«

Luzie öffnete enttäuscht die Augen. Sie sah aus dem viel zu kleinen Fenster des Flugzeugs. Unter ihnen erstreckte sich der Ozean.

Wer weiß, was da unten noch für Schätze am Meeresgrund schlummern, dachte sie.

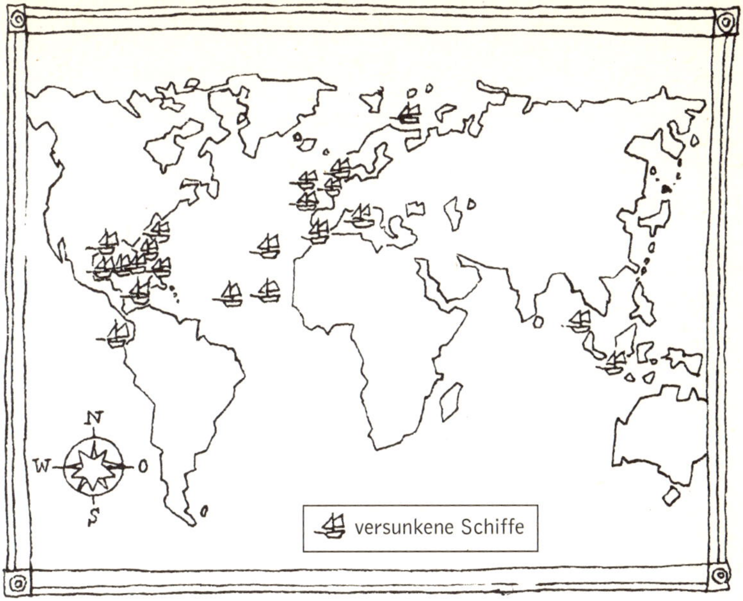

Wo warten versunkene Schätze?

Auf dem Meeresboden liegen eine Menge Schiffswracks: Experten vermuten, dass weltweit etwa 3 Millionen Wracks am Meeresgrund liegen. Etwa 300 000 von ihnen hatten wertvolle Fracht an Bord. Zusammengerechnet warten Schätze (Gold, Silber, Edelsteine, wertvolles Porzellan usw.) im Wert von bis zu 30 Milliarden Euro noch auf ihre Entdeckung.

Havanna

»Was sagt der Wetterdienst? – Vorsicht mit dem Container!« Frau Wagner hielt ihr Handy ans Ohr und kommandierte gleichzeitig zwei Matrosen herum. Die *Constantia*, das Expeditionsschiff von Frau Wagner, war viel größer, als Luzie gedacht hatte. An die 50 Meter lang und 12 Meter breit lag es im Hafen von Havanna. Es hatte einen dreigeschossigen Aufbau, vor dem sich hinten zwei gelbe Kräne zu verneigen schienen. In der Mitte erhob sich ein weiterer gelber Arm eines Krans, der schon seit einer Stunde einen kleinen, silbernen Rollcontainer nach dem nächsten an Bord schaffte. Aber das schien Frau Wagner noch immer viel zu langsam zu gehen.

»Am Anfang kommt es einem immer sehr hektisch vor«, eine Frau trat neben Luzie, die schon an Bord der *Constantia* an der Reling stand. »Aber da gewöhnst du dich dran. Das bleibt so, bis Frau Wagner endlich auf einer Goldkiste sitzt.« Die Frau streckte Luzie die Hand entgegen. »Hallo. Du musst Luzie sein. Ich bin Katja Söthe.«

»Sie sind die Archäologin?«

»Du. Du kannst mich duzen.« Katja Söthe grinste in die Sonne. »Das Gute an der Archäologie ist, dass einem die Zeit nicht wegrennt. Ist ja alles uralter Kram, den wir ausbuddeln.« Sie deutete mit dem Kinn auf das hektische Treiben am Kai. »Aber kaum hast du bei Frau Wagner unterschrieben, ist es mit der Ruhe vorbei. Frau Wagner ist Hektik pur.«

»Dann gibt es Streit«, murmelte Luzie mehr zu sich selbst.

»Wieso?«, fragte Katja.

»Mein Vater hasst zwei Dinge an Bord eines Schiffes: Hektik und Alkohol.« Luzie deutete mit dem Daumen über die Schulter nach rechts in Richtung Brücke, wo sich ihr Vater mit dem Schiff und dem Ersten Offizier bekannt machte.

Katja zog die Augenbrauen hoch. »Klingt nett. Aber nutzen wird ihm das nichts. Die Chefin ist die Chefin.«

»Söthe! Rufen Sie die Wetterdaten noch einmal ab!«, rief Frau Wagner zu ihnen herauf. »Und Luzie, du kannst dich in der Kombüse bei Fabio nützlich machen! Wo steckt der Schramm?«

Die Archäologin zwinkerte Luzie zu. »Willkommen an Bord der *Constantia*. Wenn Frau Wagner

Das Expeditionsschiff Constantia

① Kran	⑥ Büro von Frau Dr. Wagner
② Kombüse	⑦ Labor von Frau Söthe
③ Kommandobrücke	⑧ Maschinenraum
④ Messe	⑨ Schiffsschraube
⑤ Büro von Schramm	⑩ Laderaum

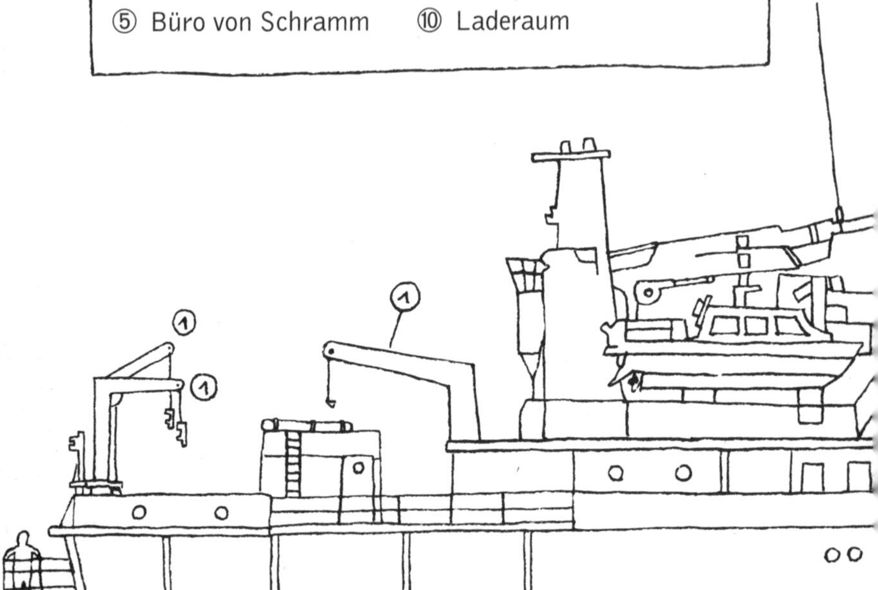

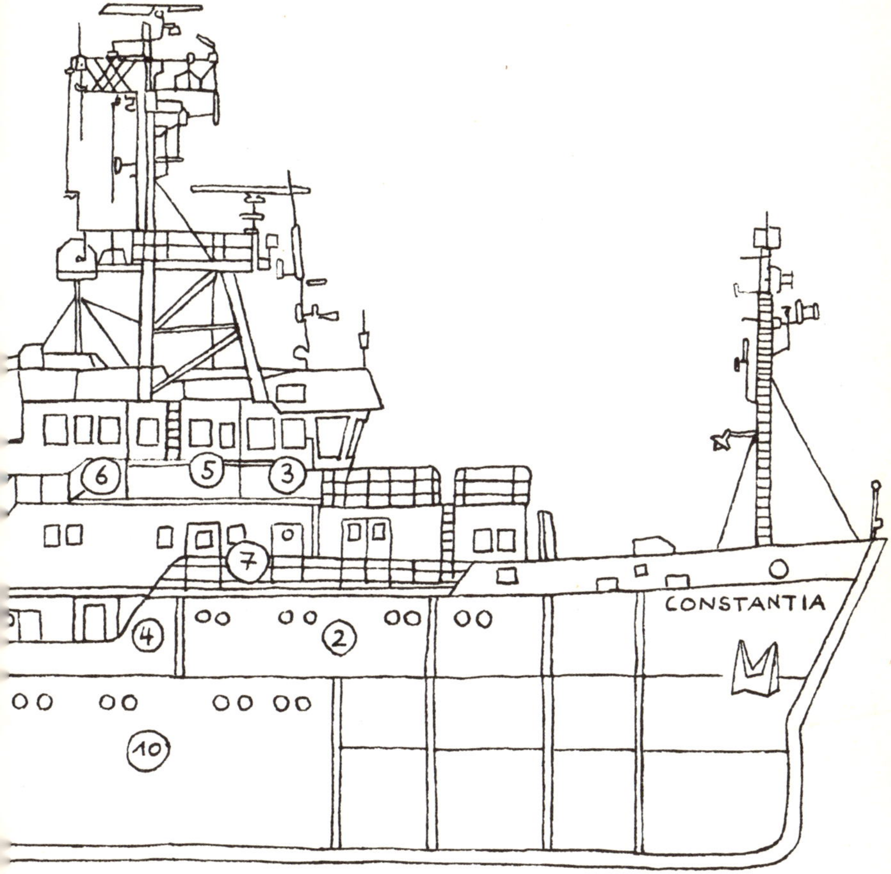

6
5
3
7
4
2
10
CONSTANTIA

dich rumkommandiert, dann bist du Teil der Mannschaft.« Sie ging mit einem beschwingt federnden Gang in den hinteren Teil des Schiffs zum Funkraum.

Luzie ließ ihren Blick noch einmal über das Schiff schweifen. Die *Constantia* hatte Frau Wagner extra für ihre Expeditionen umbauen lassen. Am hinteren Ende des Schiffs, dem Heck, war eine ausklappbare Ausstiegsplattform für die Taucher angebaut. Die beiden frisch angeheuerten Taucher selbst spazierten soeben über die Gangway an Bord. Ihre Ausrüstung war schon im Bauch des Schiffes verstaut worden. Ebenso die Druckluftflaschen, Unterwasser-Kameras, Lampen und Werkzeugkisten. Luzie lief über das Deck, trat durch eine der schmalen Stahltüren, stieg eine Treppe hinunter und meldete sich brav in der Küche.

»Brauchen Sie meine Hilfe?«

»Scusa. Non parlo tedesco«, antwortete der Koch. Er trug ein rotes, ärmelloses Shirt, hatte pechschwarze Haare und auf seinem linken Arm ringelte sich eine große Schlangentätowierung vom Handgelenk Richtung Schulter.

»Wie bitte?« Luzie verstand kein Wort.

»Parla italiano?«, fragte der Koch.

Luzie zuckte mit den Schultern. Sie kapierte nicht, was der Koch von ihr wollte. Sie sollte doch helfen. Der Mann war gerade dabei, eine Menge Gemüse und einige Gläser Senf im Kühlschrank zu verstauen. Also bückte sich Luzie und packte die Lauchstangen in das Kühlfach. Der Koch lächelte ihr aufmunternd zu.

Er zeigte auf sich selbst und sagte: »Fabio.«

»Hallo Fabio«, sagte Luzie.

Der Koch lachte und zeigte mit einem fragenden Gesichtsausdruck auf Luzie.

»Luzie!«, sagte Luzie. »Ich heiße Luzie.«

»Ahh, Lucia!«, rief Fabio freudestrahlend.

»Nein, ich heiße nicht Lucia!«, protestierte Luzie. »Luzie!«

»Si, si, Lucia«, wiederholte Fabio fröhlich und drückte ihr eine Palette Eier in die Hand. »Italiano«, sagte er wieder und zeigte auf sich.

»Italien? Sie kommen aus Italien?«, fragte Luzie.

»Si!« Fabio nickte. »Italia. Bella Italia!«

Luzie kapierte gar nichts mehr. Wie um alles in der Welt hatte Frau Wagner hier mitten in der Karibik einen italienischen Koch aufgegabelt?

»Fabio! Der Käpten braucht Kaffee! Und ich auch und zwar subito und zack, zack!« Ein schnauzbärtiger Mann steckte seinen Kopf in die Kombüse und verschwand sofort wieder.

»Subito, Signor Schramm!«, antwortete Fabio und warf die gewaltige Espressomaschine an.

»Moment mal!«, sagte Luzie. »Sie verstehen ja Deutsch!«

Fabio zwinkerte Luzie zu, stellte zwei Kaffeetassen mit Milchkännchen und Zuckerdose auf ein Tablett. Er drückte Luzie das Tablett in die Hand und sagte: »Capitano Timm e Signor Schramm! Subito, Lucia!« Und als Luzie sich nicht vom Fleck rührte, fügte er hinzu: »Zack, zack!«

Luzie verließ die Küche mit dem Kaffeetablett Richtung Brückendeck.

Der Arbeitsplatz von Herrn Schramm, dem obersten Techniker an Bord der *Constantia*, lag direkt hinter der Kommandobrücke, in der Luzies Vater seit geraumer Zeit alle Vorbereitungen zum Auslaufen des Schiffes traf. Luzie öffnete die Stahltür und wurde mit einem heftigen

Raus!

empfangen.

Der oberste Techniker und die zwei Taucher standen über Schramms Schreibtisch gebeugt. Luzie hätte liebend gern gehört, was sie besprachen, aber

Herr Schramm blökte: »Hast du nicht verstanden? Mach, dass du rauskommst!«

»Aber der Kaffee …«

»Kein Aber!« Schramm wurde rot vor Wut, bis er endlich die Kaffeetasse auf Luzies Tablett bemerkte. Die schnappte er sich und wandte sich wortlos wieder der Karte zu, die auf seinem Schreibtisch lag.

Prost Mahlzeit, dachte Luzie, als sie Schramms Büro verließ. Der Kerl war ja ein ausgemachtes Ekelpaket!

»Na, hat er dich auch rausgeworfen?« Marco tauchte hinter Luzie auf.

»Du hast mir gerade noch gefehlt!«, fuhr Luzie ihn an.

Marco hob entschuldigend die Hände und wollte noch etwas sagen, aber Luzie schob ihn mit einem »Du nervst!« beiseite und öffnete die Tür zur Kommandobrücke.

»Wer nervt?«, fragte ihr Vater. Aber dann hatte er nur noch Augen für seinen geliebten Kaffee. »Luzie, du bist meine Rettung.« Tim Timm nahm sich die Kaffeetasse vom Tablett. »Hat die Wagner dich etwa schon zum Laufburschen gemacht?«

Luzie zuckte mit den Schultern. »Macht ja nix. Hauptsache, ich muss nicht mit Marco …«

Das Telefonklingeln schnitt Luzie das Wort ab.

Luzies Vater nahm den Hörer ab. »Ja, Frau Wagner. – Nein, Frau Wagner. – Ausgeschlossen, Frau Wagner, wir brauchen noch zehn Minuten.«

Die Stimme von Frau Wagner keifte so laut aus dem Telefonhörer, dass Luzie jedes Wort verstehen konnte: »Ich gebe Ihnen maximal fünf! Hören Sie? Fünf Minuten! Also los, zack, zack!«

Luzies Vater ließ sich nicht aus der Ruhe bringen und sagte knapp: »Klar, Frau Wagner.« Dann legte er auf und drehte sich zu Schmitz, dem ersten Offizier, um. »Wir legen in zehn Minuten ab!«

»Aber Käpten, die Chefin hat doch gesagt, in fünf …«, wandte der Erste Offizier ein.

Kapitän Tim Timm sah ihn streng an und wiederholte: »Machen Sie weiter, Schmitz. Machen Sie zügig, aber sorgfältig weiter. In *zehn* Minuten laufen wir aus!«

Luzie wusste, dass es keinen Sinn hatte, länger mit ihrem Vater reden zu wollen. Aber statt beim verrückten Koch Fabio schaute sie lieber bei Katja vorbei.

»Ich kapier das nicht.« Luzie stand neben Katja an deren Schreibtisch im Labor. »Ich dachte, wir suchen einfach nur nach ein paar Kisten Gold und Silber – wozu muss man die untersuchen?«

Katja zog die Augenbrauen hoch. »Die Goldbarren sind für mich relativ uninteressant; mal abgesehen davon, dass wir am Finderlohn beteiligt werden, wenn wir sie finden. Aber in der Gerichtsakte war auch von indianischem Schmuck die Rede. Und das ist merkwürdig.«

»Wieso? Die *Santa Clara* kam doch aus Mexiko. Und da lebten doch damals noch Indianer, oder nicht?«

Katja Söthe lehnte sich an ihren Schreibtisch. »Die *Santa Clara* ist im Jahr 1628 von Mexiko aufgebrochen. Das war aber rund 100 Jahre, nachdem die Spanier die Azteken, Maya und Inka unterworfen hatten – da war schon lange kein Goldschmuck mehr zu holen.«

Luzie kratzte sich am Hinterkopf. »Und wo soll der dann hergekommen sein?«

Katja Söthe grinste. »Genau da fängt es an spannend zu werden. Bis heute werden noch rund 3000 Schiffe vermisst, mit denen die Spanier lange bevor die *Santa Clara* auslief, indianische Schätze der Azteken, Inka und Maya nach Spanien bringen wollten. Die Schiffe sind vielleicht im Sturm gesunken – vielleicht haben sich die Kapitäne auch aus dem Staub gemacht oder sie sind von Piraten überfallen worden. Jedenfalls ist die Ladung bis heute verschollen.« Die Archäologin machte eine Pause. Mit leiser Stimme fügte sie hinzu. »Wenn wir echten, alten indianischen Schmuck an Bord der *Santa Clara* finden, wäre das eine Sensation.«

Ehe Luzie noch fragen konnte, was an dem Indianergold so sensationell sein sollte, wurde es im Labor der Archäologin ungemütlich. Denn erstens ertönte die Kanonenkugel-Stimme von Frau Wagner aus dem kleinen Lautsprecher an der Wand: »Söthe! Auf die Brücke!«

Und zweitens betrat gleichzeitig der Schrecken der sieben Weltenmeere das Labor – Marco.

»Meine Ma hat gesagt, dass ich dir das Schiff zeigen soll«, erklärte er missmutig.

»Nicht nötig. Ich hab mich schon umgesehen«, wehrte Luzie ab.

Aber Marco blieb hartnäckig. »Meine Ma hat das gesagt. Und sie ist die Chefin!« Er deutete auf eines der beiden Fenster über der Arbeitsplatte von Katja. »Das da ist ein Bullauge. Der vordere Teil des Schiffs heißt Bug. Hinten ist das Heck. Die linke Seite heißt Steuerbord …«, leierte der Klugscheißer gelangweilt herunter, während Katja Söthe machte, dass sie auf die Brücke kam.

Luzie verdrehte die Augen. »He, du Schlaumeier! Mein Vater ist der Kapitän, schon vergessen? Ich weiß, wo Steuerbord ist! Und jetzt erklär mir bloß nicht, was ein Kiel ist, du Angeber!«

»Ach ja? Dann weißt du ja bestimmt auch, wie viel Tiefgang wir haben, das brauche ich dir gar nicht erst zu erzählen, stimmt's?« Marco wartete Luzies Reaktion nicht ab und sagte: »Und du weißt bestimmt auch, was ein Sonargerät ist, oder?«

»Klar!«, log Luzie. Sie wollte sich von diesem Blödmann nichts erzählen lassen.

Marco grinste fett. »Ach ja? Was denn?«

»Ach, so was gibt's auf jedem gescheiten Schiff«, versuchte Luzie sich rauszuwinden. »Ist doch logisch! Ein Solargerät verwandelt Sonnenstrahlen in elektrischen Strom.«

Marco baute sich breitbeinig vor Luzie auf. »Du hast ja von nichts 'ne Ahnung! Wo bist du denn schon gewesen? Warst du schon mal in der Sahara? Warst du schon mal in Grönland? Ich bin schon auf jedem Kontinent der Erde gewesen! Und vor allem weiß ich, was ein Sonargerät ist und verwechsle es nicht mit Solarzellen. Ich weiß auch, wie unser Airlift funktioniert und ich erzähle nicht irgend so einen Quatsch über *Solar*geräte wie du!«

Luzie wollte Marco am liebsten an den Kragen. Und zwar auf der Stelle. Aber vorher sollte er ihr noch sagen, was denn dieses sagenhafte Solar- oder Sonargerät war.

Die Bucht

»Land in Sicht! Land in Sicht!« Marco turnte über das Deck und kriegte sich gar nicht mehr ein.

Ausnahmsweise konnte Luzie den Klugscheißer verstehen. Die Bucht vor ihnen sah aus wie aus dem Bilderbuch: Das Wasser schimmerte in der Sonne blaugrün, der Strand weiß und es ragten ein paar Palmen aus dem Sand. Das also war *Cayo Uve Doble*, die perfekte Schatzinsel!

Luzie rannte rauf auf die Kommandobrücke, wo ihr Vater mit dem ersten Offizier, Frau Wagner und Herrn Schramm eine alte und eine neue Seekarte miteinander verglich.

»Es ist doch schon alles klar, Kapitän!« Frau Wagner tippte ungeduldig auf eine Stelle auf der neuen Karte. »Da! Die *Santa Clara* muss irgendwo da in oder vor der ersten Bucht liegen.« Sie sah gar nicht von der Karte auf und bellte ihre Befehle in den Raum: »Schramm, machen Sie das Sonargerät klar.« Schramm nickte und verließ den Raum. »Wir beginnen hier«, sie tippte wieder auf eine Stelle auf der Karte. »Was sagt der Wetterdienst? Und wo ist Peters?«

»Der Zweite Offizier ist auf dem Klo«, antwortete Kapitän Timm knapp.

Frau Wagner hob kurz den Kopf. »Luzie! Hol Marco!«

»Bin schon da.«

»Na endlich! Du bleibst hier bei Kapitän Timm. Bis Peters wieder da ist, trägst du auf der Karte genau ein, wo wir gerade sind und welches Gebiet wir schon mit dem Sonar abgesucht haben.« Sie warf einen Blick aus dem Fenster auf das Deck des Schiffs, wo zwei Männer gerade irgendetwas mit dem Kran aus dem Bauch des Schiffs hoben. »Ja, sind die denn total verrückt?« Sie rannte raus und schrie: »Schramm! Schramm! Wo stecken Sie, verflixt noch mal! Und ihr da unten! Seid vorsichtig mit der Zigarre! Das ist keine Tauchflasche!«

Luzie reckte den Kopf. Die beiden Männer holten eine Art Boje, die die Form einer riesigen Zigarre hatte, an Deck.

»Das ist der Tauchschleppkörper für das Sonargerät«, erklärte Marco ungefragt. »Das Sonar funktioniert so ähnlich wie ein Echolot, nur besser: Die Zigarre wirft Schallwellen auf den Meeresboden.

Die Schallwellen werden vom Meeresboden zurückgeworfen und von unseren Empfängern aufgefangen. Über die Verbindungsleitungen schicken wir die Daten direkt rüber zum Computer, der ein dreidimensionales Bild des Meeresbodens simuliert.«

Kapitän Timm und seine Tochter sahen sich an. Tim Timm zwinkerte Luzie zu. »Ob du wolltest oder nicht: Jetzt weißt du's!«

Plötzlich tauchte auch Schramm auf dem Deck auf. »Passt mit den Sonden auf!«, rief auch er. Die Männer hakten Stahlseile in die Sonden ein, während Schramm die Kabel anschloss. Dann ließen sie die beiden dicken Zigarren vorsichtig mit dem Kran ins Wasser. Einer der Männer stand an zwei elektrischen Winden und kontrollierte die Drahtseile, die sich langsam abspulten.

Frau Wagner erschien wieder auf der Brücke. »Wir haben Glück. Das Wetter spielt mit. Jetzt müssen wir nur noch warten, bis die Zigarre tief genug ist, dann geht es los. Und zwar im Schneckentempo.« Sie warf noch einen Blick aufs Deck. »Schramm, kommen Sie rauf! Die anderen werden schon damit klarkommen.«

Der oberste Techniker der *Constantia* stieg die Metallstufen zum Kommandodeck rauf. Er betrat

Wie findet man ein versunkenes Schiff?

Moderne Schatztaucher benutzen ein Sonargerät, um den Meeresboden nach versunkenen Wracks abzusuchen. Ein Sonargerät wirft Schallwellen auf den Meeresboden. Diese Schallwellen werden, wenn der Meeresgrund eben ist, wie ein Echo zurückgeworfen. Je mehr Dinge auf dem Meeresgrund liegen, desto schlechter wird der Schall zurückgeworfen. Aus diesen Daten kann ein Computer ein Bild des Meeresbodens erstellen. Sonargeräte haben einen Nachteil: Sie sind so laut, dass sie das empfindliche Gehör von Walen und anderen Meerestieren aber verletzen können.

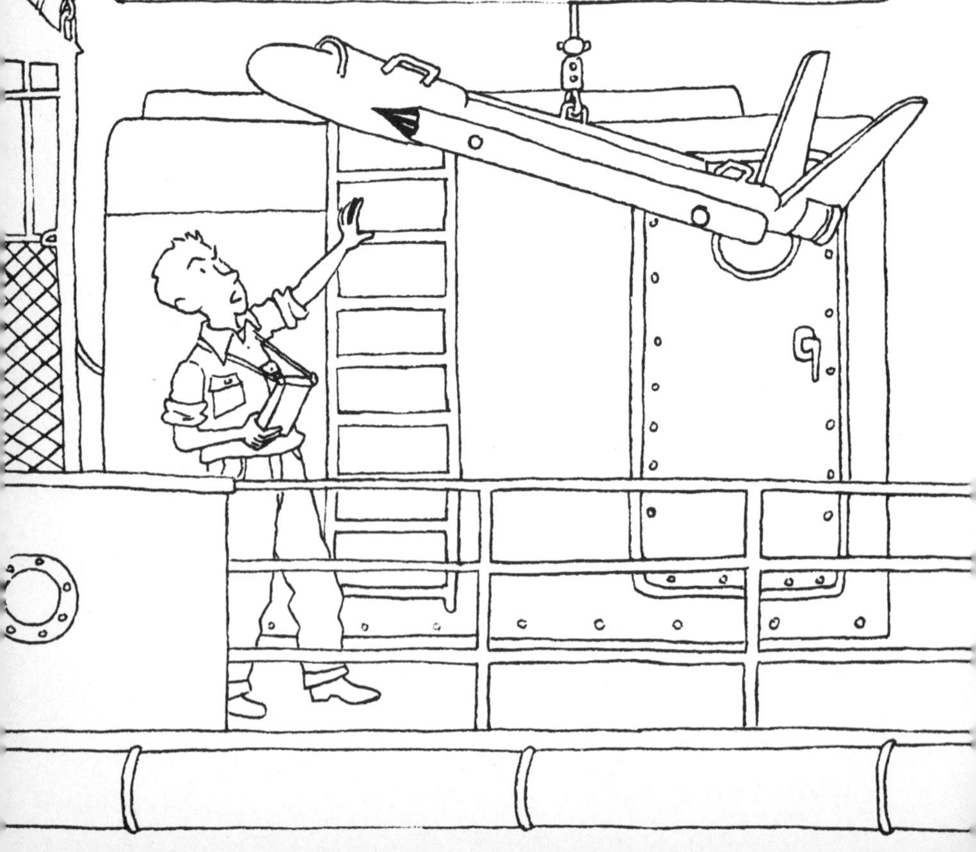

die Brücke, öffnete die Tür in der Rückwand und setzte sich an seinen Computer.

»Dauert noch«, sagte er und tippte irgendetwas ein.

Frau Wagner rannte ungeduldig zwischen dem Bildschirm in Schramms Büro und der Kommandobrücke hin und her. Endlich erklärte Schramm: »Ich hab ein Bild! Kann losgehen!«

Ab jetzt war die Wagner nicht mehr vom Bildschirm wegzukriegen. »Fahren Sie los, Kapitän!«

Luzie wusste erst nicht recht, wo sie jetzt zugucken sollte. Ihr Vater und der Erste Offizier steuerten das Schiff im absoluten Schneckentempo auf die Bucht der Insel zu.

Marco war ausnahmsweise still, denn er hatte alle Mühe, den Kurs korrekt auf der Seekarte einzuzeichnen. Wahrscheinlich war er heilfroh, als der Zweite Offizier endlich auf der Brücke erschien und seinen Job wieder selbst übernahm.

Kaum hatte Marco den Stift aus der Hand gelegt, stand er schon in Schramms Büro und sah seiner Mutter über die Schulter. Da wagte sich auch Luzie in den kleinen Raum des Cheftechnikers.

»Da!«, sagte Frau Wagner. Aber dann sagte sie: »Nein, zu klein!«

Auf dem Bildschirm erschien ein grünliches Bild, das Luzie auf den ersten Blick ein bisschen an ein Computerspiel erinnerte. Aber das hier war kein Computerspiel. Das hier war echt! Es waren die echten Berge und Täler des Meeresbodens. Und irgendwo da unten musste es einen Unterwasserhügel geben, der aussah wie eine spanische Galeone, die auf den Namen *Santa Clara* getauft war.

Die Zeit verging. Aber sie fanden nichts. Und als Marco auch noch sagte: »Also, ich weiß ja nicht, aber vielleicht habt ihr die Strömungen nicht ganz richtig berechnet. Könnte doch sein, dass das Wrack viel weiter abgetrieben ist«, da explodierte Herr Schramm.

»Frau Wagner! Werfen Sie endlich diese Kinder aus meinem Dienstraum! Ich brauche Ruhe! Ruhe und Konzentration! Wenn ich Ihren Klugscheißer noch einmal in meinem Büro erwische, kündige ich!«

Drei Tage später hatten sie noch immer nichts gefunden. Die ganze Mannschaft war in der Messe, dem kargen Wohn- und Speisezimmer des Schiffs, versammelt. Frau Wagner saß am rechten Kopfende des Tischs und bellte ihre Bestellung in den Saal:

»Fabio! Bringen Sie die hausgemachten Nudeln in Senfsoße!«

Luzie verzog angewidert das Gesicht. Nudeln in Senfsoße, das war so ziemlich das abscheulichste und geschmackloseste Gericht, das sie sich vorstellen konnte. Tim Timm, der neben Luzie am linken Kopfende des Tischs saß, grinste und öffnete schon den Mund, um einen Kommentar quer über die lange Tafel zu werfen.

Aber Katja warnte ihn flüsternd: »Pst! Halten Sie die Klappe, Käpten!«

Außer Luzie und ihrem Vater schien niemand die Bestellung der Chefin besonders witzig zu finden. Im Gegenteil. Der Rest der Mannschaft saß da wie erstarrt.

Katja raunte Luzies Vater zu: »Wenn wir morgen nichts finden, bricht sie zusammen. Vor dem Zusammenbruch bestellt sie immer Nudeln in Senfsoße. Und wenn sie zusammenbricht, dann bläst sie die Expedition ab. Und dann stehen wir alle im Regen – oder werden Sie nicht nach Erfolg bezahlt?«

»Aber wenn wir morgen abbrechen, dann können wir doch noch ein paar Tage hier verbringen und ein bisschen tauchen, oder, Papa?«, fragte Luzie, ohne nachzudenken.

Der Blick, den Frau Wagner ihr dafür über den Tisch schickte, ließ ihr das Blut in den Adern gefrieren.

Nur Luzies Vater ließ sich nicht aus der Ruhe bringen. »Das könnten wir schon machen, aber dummerweise hast du ja deine Tauchausrüstung nicht dabei, Luzie.«

Luzie wollte gerade zaghaft protestieren, als Katja fragte: »Du tauchst?«

»Luzie ist ein U-Boot«, murmelte Tim Timm.

»Ich würde so gern auch die beiden anderen Buchten sehen – und zwar unter Wasser«, sagte Luzie etwas leiser, damit Frau Wagner sich nicht aufregte.

Es war mal wieder Marco, der alles besser wusste – und zwar in voller Lautstärke: »Das wird dir kaum was bringen. Die Buchten von *Cayo Uve Doble* sehen alle genau gleich aus. Wenn du eine kennst, kennst du auch die anderen beiden. Stimmt's, Ma?«

Frau Wagner verzog keine Miene.

»Wir waren schon vor einem halben Jahr hier. Für die Computersimulation, die die Veränderung des Meeresbodens zeigen soll, mussten wir die Strömung in den Buchten messen«, erklärte Marco, ungefragt wie immer. »Bei der Gelegenheit waren wir in allen drei Buchten der Insel – wenn du eine kennst, kennst du alle. Ich hätte nachher nicht mehr sagen können, in welcher Bucht wir wann waren. Stimmt's, Ma?«

Luzie wollte dem Schlaumeier schon eine gepfefferte Antwort quer über den Tisch an den Kopf werfen, als ihr der Gesichtsausdruck ihres Vaters auffiel: Tim Timm starrte den Klugscheißer an. Auch Frau Wagner drehte plötzlich ihren Kopf nach links und sah in das Gesicht ihres Sohnes. »Was hast du gesagt?«, fragte sie scharf.

Marco schien nicht zu verstehen, worauf seine Mutter hinauswollte. »Die Wahrheit. Nichts als die Wahrheit!«

»Nein«, unterbrach Frau Wagner ungeduldig. »Du hast gesagt, dass du die Buchten nicht auseinanderhalten kannst!«

»Na ja … ich kann natürlich schon, aber …«

Frau Wagner schnitt ihrem Sohn mit einer wegwerfenden Handbewegung das Wort ab.

Und plötzlich war Luzie klar, was geschehen sein musste. Wenn selbst der neunmalkluge Marco die Buchten nicht auseinanderhalten konnte, weil sie sich so ähnelten, warum sollte es dem Kapitän der *Santa Clara* besser gegangen sein?

»Er hat sie verwechselt!«, hörte Luzie sich selbst sagen.

Frau Wagner sah zu ihr herüber. Sie deutete mit ihrem Zeigefinger auf Luzies Nasenspitze: »Seht sie euch an, Leute! Luzie sieht aus wie ein kleines Mädchen, aber in ihr steckt eine wahre Forscherin!« Luzie blieb kaum Zeit, sich geehrt zu fühlen, da nickte Frau Wagner bereits ihrem Vater zu. »Mitkommen! Sie auch, Schramm!« Sie lief zur Tür, wo sie fast mit Fabio zusammengestoßen wäre, der gerade einen Teller dampfender Nudeln in Senfsoße servieren wollte.

»Vergessen Sie's, Fabio. Bringen Sie dem Käpten zwei Kannen Kaffee und mir einen Tee. Und zwar subito und zack, zack, mein Lieber!«

Der arme Fabio verstand die Welt nicht mehr. Und das hatte diesmal garantiert nichts mit der Sprache zu tun.

In zehn Metern Tiefe

»Da! Dadadada!« Die Stimme von Frau Wagner knatterte wie ein Maschinengewehr.

Es war am nächsten Morgen. Sie standen alle um den Bildschirm in Schramms Büro herum. Schramm passte es zwar überhaupt nicht, dass es in seinem Büro schon wieder so eng wurde, aber diesen Augenblick wollte sich niemand entgehen lassen.

Luzie hatte wirklich den richtigen Riecher gehabt: Kapitän de Altonara hatte die Buchten tatsächlich verwechselt. Sie fuhren im Schneckentempo durch die mittlere Bucht, die weiter östlich lag, als die zwei Hügel auf dem Bildschirm sichtbar wurden.

»Söthe!«, rief Frau Wagner.

Aber die Archäologin stand längst hinter Luzie im Raum.

»Was sagen Sie dazu?«, fragte die Chefin.

Katja Söthe nickte. »Die Größe und Form kommt hin. Das muss es sein!«

Für einen Augenblick herrschte absolute Stille auf

dem Kommandodeck der *Constantia*. Frau Wagner sah Katja Söthe an. Dann wanderte ihr Blick zu Schramm, der über beide Ohren strahlte. Erst dann brach aus allen gleichzeitig der Schrei raus:

»Fund!«

Das ganze Schiff klang plötzlich, als wäre es von einer Herde erkälteter Seehunde bevölkert. Aus allen Kajüten drang immer wieder der Ruf: »Fund!«

Was dann geschah, übertraf an Hektik einfach alles, was Luzie bisher erlebt hatte. Frau Wagner rannte auf die Brücke und bellte einen Befehl nach dem anderen ins Mikrofon. »Taucher und Söthe: runtergehen und nachsehen. Transportkäfig klarmachen! Wetterdaten, wo zum Kuckuck bleiben die Wetterdaten? Schramm! Wo zum Teufel stecken Sie? Airlift bereitstellen, Kamera klarmachen! Geht das nicht schneller? Käpten, warum haben wir nicht längst geankert?«

Alle rannten hin und her und befolgten Frau Wagners Befehle. Nur Luzies Vater stand Kaffee schlürfend am Fenster und überwachte in aller Ruhe das Treiben auf dem Deck.

»Wo ist Schramm? Wir brauchen den Airlift! Und zwar sofort! Marco! Wenn Schramm nicht in zwei Minuten hier ist, erklärst du den Matrosen, wo der Airlift angeschlossen werden muss! Aber zackig! Und Luzie! Bring mir den Schramm! Hol ihn, wenn's sein muss, vom Klo, ist mir ganz egal!«

Luzie rannte aus dem Kommandoraum. Schramm war nicht in seinem Büro, er war nicht im Funkraum. Er war – Luzie traute ihren Augen kaum: Er war in Frau Wagners privatem Büro! Über eine große Landkarte gebeugt stand der Cheftechniker und malte etwas auf eine Seekarte, und das in dem Augenblick, in dem er am dringendsten gebraucht wurde!

»Herr Schramm, Frau Wagner sucht Sie überall!«, sagte Luzie.

Schramm fuhr blitzschnell herum. »Was schleichst du dich hier so an? Hier hast du sowieso nichts zu suchen!«, polterte er los. Aber noch ehe Luzie etwas sagen konnte, rollte er die Karte zusammen und verließ den Raum. »Ich komm ja schon.«

Er rannte runter aufs hintere Deck am Heck des Schiffs und vertrieb Marco, der den Matrosen gerade bis ins Detail erklärte, wie der Airlift funktionierte.

Die beiden kubanischen Taucher und Katja Söthe hatten inzwischen ihre Tauchausrüstung angelegt.

Luzie stieg die Metallstufen zum hinteren Deck hinunter und betrachtete sehnsüchtig die Ausrüstung der Taucher. Wie gern wäre sie mit nach dem Wrack getaucht! Die Druckluftflaschen waren für einen ersten Tauchgang von einer Stunde gefüllt. Die Taucher hatten nagelneue Stirnlampen und Katja Söthe hatte eine kleine Unterwasserkamera dabei, deren Bilder direkt auf den Bildschirm in Schramms Dienstraum übertragen werden würden. Marco kontrollierte, ob die Kamera auch richtig eingestellt war, bis Schramm auftauchte, ihm das Ding aus der Hand nahm und knurrte: »Geh woanders spielen!«

»Los, los, Leute! Das Wetter ist auf unserer Seite, aber ich habe keine Ahnung, wie lange das so bleibt!«, trieb Frau Wagner die Mannschaft an. »Frau Söthe! Haben Sie alles, was Sie zur Vermessung der Fundstelle brauchen?«

Katja Söthe schüttelte nur den Kopf, weil sie schon ihre Maske aufgesetzt hatte.

»Sie wollen erst mal einen Erkundungstauchgang machen und dann mit der Vermessung beginnen?«, fragte Frau Wagner.

Katja nickte.

»Ach was«, knurrte Schramm dazwischen. »Ge-

Taucher machen sich startklar

ben Sie den Männern etwas Sprengstoff, dann geht das alles schneller.«

Frau Wagner zuckte zusammen und drehte sich zu Schramm herum. »Ich höre wohl nicht richtig, Herr Schramm? Hier wird nicht gesprengt! Wir gehen vernünftig vor! Wir dienen hier der Wissenschaft!«

»Schon klar, war nur ein Witz!«, gab Schramm sofort nach. Aber Luzie wurde das Gefühl nicht los, dass Schramm das Wrack wirklich am liebsten gesprengt hätte, um möglichst schnell den Schatz zu heben.

Unter ihren Vollgesichtstauchmasken hatten die Taucher auch Sprechfunk eingebaut. Frau Wagner persönlich probierte den Funk aus, mit dem die drei Taucher untereinander und mit der *Constantia* Kontakt hatten.

»Ich will mit!«, flüsterte Luzie mehr zu sich selbst als jemand anderem.

»Ich nicht!«, hörte sie Marco plötzlich neben sich sagen. »Aber ich will wissen, was da unten los ist!«

»Kannst du denn tauchen?«, fragte Luzie, während die Taucher mit ihren Flossen zur Ausstiegsplattform am Heck des Schiffs watschelten. Die drei kontrollierten noch einmal die Atemgeräte und den Stand der Druckluftflaschen und spazierten dann einer nach dem anderen mit einem großen Schritt ins Wasser.

»Ach was, diese Taucherei wird überschätzt. Willst du sehen, was die sehen?«, fragte Marco betont lässig.

»Natürlich!« Der Kerl konnte echt blöde Fragen stellen! »Wer will das nicht?«

Marco hob beschwichtigend die Hände. »Ich meine es ernst«, flüsterte er. »Wir können es sehen. Sie haben die Kamera dabei.«

»Ach ja, stimmt ja, die Unterwasserkamera!« Luzie tat so, als wäre das was ganz Neues für sie. »Mensch Marco, du bist ein Genie!«, flötete sie. Aber dann sagte sie plötzlich genervt: »Der Bildschirm, auf den die Kamera ihr Bild schickt, steht in Schramms Büro, du Schlaumeier! Und der lässt uns garantiert nicht mehr zuschauen!« Luzie sah Marco an. »Und das hast du uns mit deiner ewigen Besserwisserei eingebrockt!«

Marco hörte gar nicht richtig zu. Er lief übers Deck und verschwand bereits hinter einer Stahltür.

Luzie folgte ihm widerwillig, aber neugierig. Was hatte Marco vor? Wollte er etwa auf eigene Faust tauchen? Aber der Sohn von Frau Wagner hatte vom Tauchen offenbar keine Ahnung: Marco lief nämlich nicht in seine Kajüte, um Schwimmflossen zu holen. Er stieg hinab in den Bauch des Schiffes, öffnete eine Tür und betrat den großen Maschinenraum, der eigentlich den Technikern vorbehalten war.

Er zog Luzie hinter sich her und schloss die Tür. Die beiden Dieselmaschinen dröhnten so laut, dass Luzie Marco kaum verstehen konnte, als er ihr ins Ohr schrie: »Wir müssen dahinten durch die Tür, dann wird es leiser!« Sie hangelten sich einen schmalen Metallsteg entlang durch den Maschinenraum, traten durch eine zweite Stahltür und landeten schließlich in einer fensterlosen Kammer, die Luzie zuvor noch nicht gesehen, geschweige denn betreten hatte. Marco schaltete ganz selbstverständlich das Licht ein. Als er die schwere Stahltür schloss, wurde es tatsächlich leiser. Das Dröhnen des Schiffsmotors drang nur noch dumpf an Luzies Ohr. Drei Wände des kleinen Raumes waren mit Stahlschränken verbaut. Nur die Wand mit der Tür war frei.

Marco öffnete mit geübtem Griff einen Stahlschrank an der linken Wand. Luzie staunte nicht schlecht: Hinter der Tür zeigte sich ein Gewirr aus Kabeln, Verteilern und Sicherungen. »Hier laufen alle Kabel durch, die rauf zu Schramms Büro führen.« Marco grinste. »Vorgestern hat er mich rausgeschmissen. Gestern habe ich ihn angezapft!«

Luzie kriegte den Mund nicht mehr zu, als Marco einen kleinen Monitor hervorholte, den er hinter dem Vorhang aus Kabeln versteckt hatte. »Ich lass mir doch meine Schatzsuche nicht von so einem Heini versauen.« Marco wühlte weiter hinter dem Kabelvorhang herum. »Ich habe die Datenleitungen angezapft, hier diese Verteilerdose dazwischengeschaltet und mein Notebook …« Marco holte einen kleinen, tragbaren Computer hervor.

»Erspare mir die Einzelheiten!«, drängte Luzie. »Können wir endlich sehen, was Katja und die Taucher gerade filmen?«

»Ich wäre nicht Marco Wagner, wenn wir es nicht könnten!«

Luzie wollte ihm gerade eine gepfefferte Antwort geben, als der Monitor aufflimmerte. In diesem Augenblick war sie fast mit Marco versöhnt. Denn das, was sie sehen konnten, war einfach fantastisch: Das Wasser war unglaublich klar. Im Schein von Katjas Lampe sahen sie, wie die Taucher auf einen mit Korallen überwucherten Unterwasserhügel zusteuerten. Ein paar knallbunte Fische ergriffen die Flucht. Dann schwenkte Katja die Kamera einmal über die ganze Fundstelle – und ...

»Da ist es!«

Das Wrack war zwar mit Korallen zugewuchert, aber die Form des Schiffs war von oben gut zu erkennen. Die Taucher gaben sich Zeichen und tauchten weiter runter.

Doch als sie begannen, Sand, Schlick und Korallen wegzuschaufeln, wurde das Wasser trüb und das Bild schlecht.

»Holt doch den Airlift, ihr Esel!«, stöhnte Marco.

Als hätte ihn der Taucher gehört, stieg einer von ihnen auf und kam wenig später mit einem dicken, flexiblen Rohr zurück ins Bild.

»Na bitte!« Marco tippte auf den Bildschirm. »Der Airlift. Mit dem können die Taucher den Sand und den Schlick vom Wrack wegsaugen. Das Prinzip vom Airlift ist ganz einfach: Das Material, das befördert werden soll, wird ...«

Luzie hörte gar nicht hin. Denn plötzlich ließen die Taucher das Saugrohr los.

»Fund!«, hörte Luzie sich selbst sagen. Auf dem Bildschirm sah sie deutlich Holzplanken. Katja

Söthe tauchte näher heran und wischte ein bisschen Sand von den Planken. Das war ein Wrack! Es war zwar noch nicht zu erkennen, ob es tatsächlich das Wrack der *Santa Clara* war, aber es war jedenfalls ein Schiffswrack! Luzie wäre am liebsten sofort ins Wasser gesprungen, um es mit eigenen Augen zu sehen.

Dämlicherweise flackerte in diesem Augenblick das Licht in der Kammer einen Moment. Marco schaltete blitzschnell den Monitor aus.

»Spinnst du?«, fuhr Luzie ihn an. »Jetzt wird es doch gerade spannend! Was soll d…« Aber weiter kam sie nicht. Marco hielt ihr die Hand vor den Mund.

»Pssst! Jemand ist im Maschinenraum: Die Lampe hier flackert immer, wenn man im Maschinenraum das Licht einschaltet«, flüsterte er.

Luzie hielt die Klappe und lauschte. Sie hörte nichts. Nur das dumpfe Dröhnen der Maschinen.

Marco schaltete das Licht in der Kammer aus und zog sie zu sich in die Ecke, links hinter der Tür. Das war Rettung in letzter Sekunde. Denn im selben Moment ging quietschend die Tür auf. Das Licht flackerte auf. Luzie hielt den Atem an.

Sie sah nur einen Arm. Den Arm, der einen der

Stahlschränke, die an der rechten Wand standen, öffnete. Aber dieser Arm genügte für Luzie, um zu erkennen, wer das war: Fabio. Die Schlange, die er sich auf den linken Arm hatte tätowieren lassen, schien Luzie frech anzugrinsen. Das durfte doch gar nicht wahr sein! Was zum Kuckuck hatte der Koch hier unten im Schaltraum zu suchen? Der Arm suchte eines der oberen Schrankfächer ab und zog schließlich eine Flasche hervor. Eine Weinflasche, wie Luzie deutlich erkennen konnte.

Lass das bloß nicht meinen Vater sehen, dachte Luzie.

Luzies Vater hatte ein strenges Alkoholverbot an Bord angeordnet und noch in Havanna alle Vorräte vom Schiff bringen lassen. Die letzten Flaschen, die er in der Kombüse gefunden hatte, hatte er persönlich über Bord geworfen.

Aber Fabio konnte seinen Wein nicht genießen. Denn noch ehe er die Flasche entkorken konnte, ertönte aus dem dröhnenden Maschinenraum eine kräftige Männerstimme: »Fabio! Was machst du da?«

Luzie kannte diese Stimme. Das war Schramm. Was wollte der denn hier? Der gehörte doch vor seinen heiligen Monitor in sein heiliges Büro! Aber offensichtlich turnte die halbe Mannschaft im Augenblick lieber im Bauch des Schiffes herum, statt sich um die wirklich dringenden Aufgaben zu kümmern!

»Signor Schramm. Scu- Scu- Scusi!«, stotterte Fabio.

»Sprich deutsch mit mir! Verflixt noch mal!«, motzte Schramm. »Und mach, dass du in die Küche kommst!«

Fabio löschte das Licht und schloss die Tür.

Lieber Poseidon, flehte Luzie innerlich den griechischen Gott des Meeres an. Falls es dich doch noch gibt, dann sorge dafür, dass Schramm jetzt nicht in den Schaltraum kommt! Denn der würde sie garantiert erst über Bord werfen und dann in Stücke reißen, wenn er sie hier erwischen würde. Und Schramm war nicht blöd! Der Cheftechniker würde auf einen Blick sehen, dass Marco seine Datenleitungen angezapft hatte – damit wäre garantiert auch für Frau Wagner das Maß voll.

Sackgasse

Luzie glaubte nicht an Poseidon. Natürlich nicht. Andererseits war es schon ein unglaubliches Glück, als plötzlich die beiden Dieselmaschinen ausfielen. Luzie und Marco hörten, wie die eiligen Schritte eines Mannes, vermutlich von Schramm persönlich, über den Metallsteg krachten. Dann fiel die Stahltür donnernd ins Schloss. Es war plötzlich ruhig im Bauch des Schiffes.

»Los, nichts wie weg hier!«, sagte Marco.

Sie huschten aus dem Schaltraum, rannten über den schmalen Steg aus Metallplatten und stiegen die Treppe rauf zur Stahltür. Sie hatten den verbotenen Maschinenraum gerade verlassen, als sie um ein Haar mit Schramm und Frau Wagner zusammengestoßen wären. Aber Herr Schramm hatte kein Auge für die Kinder. Denn Marcos Mutter lief neben ihm her und war stinksauer. Allerdings nicht auf Marco und Luzie.

»Was zum Teufel ist da los, Schramm? Heute funktioniert ja gar nichts! Wozu habe ich Sie eigentlich angeheuert! Ich dachte, Sie haben diese Maschinen im Griff! Bringen Sie die Diesel wieder zum Laufen! Und zwar zack, zack!«, fauchte sie.

Schramm öffnete ihr die Tür und ließ sie wortlos voran in den Maschinenraum steigen.

»Soll ich mitkommen und helfen?«, fragte Marco beflissen.

»Ihr Sohn würde mir sehr helfen, wenn er mich in Ruhe arbeiten lassen würde, Frau Wagner!«, donnerte Schramm.

Marco verdrehte die Augen, während Schramm die Tür zum Maschinenraum hinter sich und Frau Wagner schloss.

»Damit ist die Vorstellung wohl fürs Erste beendet«, seufzte Marco.

»Trotzdem danke, dass du mich mitgenommen hast!«, antwortete Luzie etwas versöhnlicher als sonst und staunte über sich selbst: Irgendwas hatte sich geändert, seit sie sich mit Marco im Schaltraum versteckt hatte. Offenbar war der Junge nicht ganz so übel, wie sie gedacht hatte.

Katja Söthe war sauer. Sehr sauer. Als sie mit den zwei Tauchern wieder an Bord kam und die Tauchermaske abzog, schimpfte sie direkt los: »Was ist los? Wo ist Frau Wagner? Warum müssen wir abbrechen?«

Kapitän Tim Timm kam von der Brücke herunter. »Die Maschinen sind ausgefallen. Und solange ich nicht weiß, was mit den Motoren los ist, ist es mir zu gefährlich, euch da unten zu haben. Schließlich

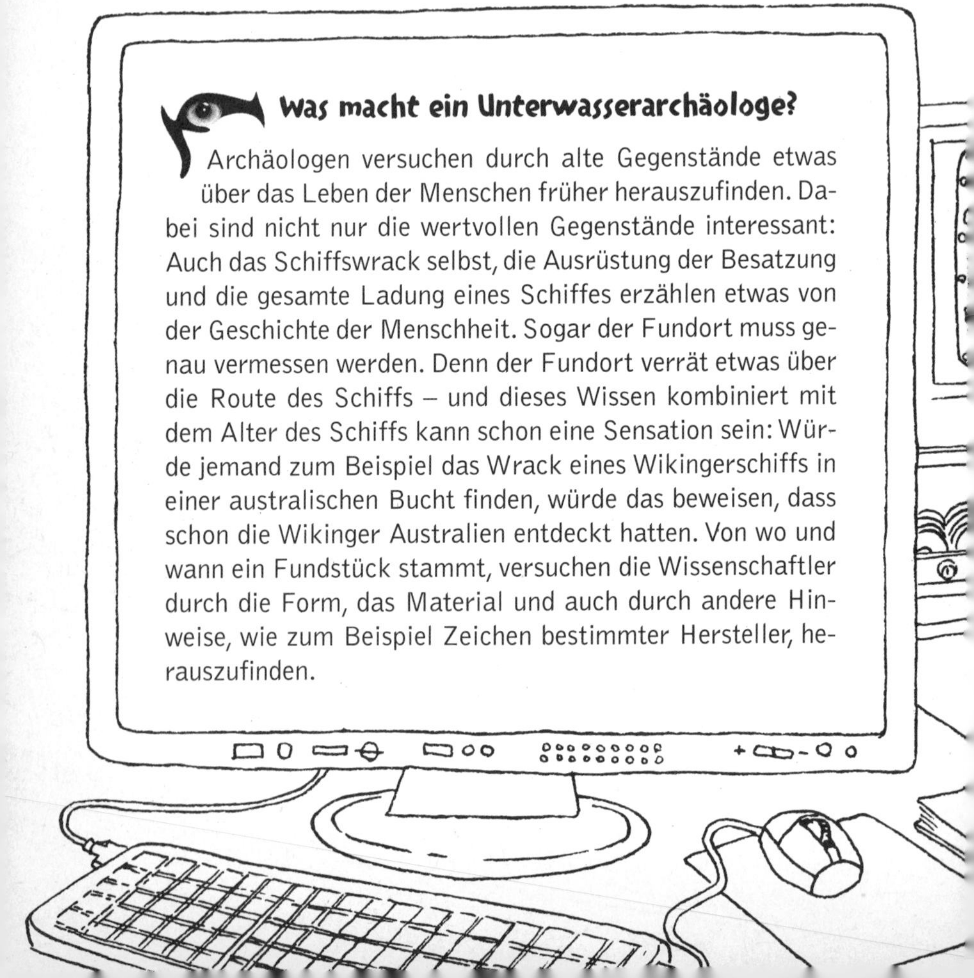

Was macht ein Unterwasserarchäologe?

Archäologen versuchen durch alte Gegenstände etwas über das Leben der Menschen früher herauszufinden. Dabei sind nicht nur die wertvollen Gegenstände interessant: Auch das Schiffswrack selbst, die Ausrüstung der Besatzung und die gesamte Ladung eines Schiffes erzählen etwas von der Geschichte der Menschheit. Sogar der Fundort muss genau vermessen werden. Denn der Fundort verrät etwas über die Route des Schiffs – und dieses Wissen kombiniert mit dem Alter des Schiffs kann schon eine Sensation sein: Würde jemand zum Beispiel das Wrack eines Wikingerschiffs in einer australischen Bucht finden, würde das beweisen, dass schon die Wikinger Australien entdeckt hatten. Von wo und wann ein Fundstück stammt, versuchen die Wissenschaftler durch die Form, das Material und auch durch andere Hinweise, wie zum Beispiel Zeichen bestimmter Hersteller, herauszufinden.

hängt unsere gesamte Stromversorgung an den Dieselmotoren.«

Katja schälte sich aus dem Taucheranzug.

»Wir müssen wieder runter!«, sagte sie. »Sobald wie möglich. Auch wenn es nicht die *Santa Clara* ist, ist das jedenfalls ein gut erhaltenes Wrack einer Ga-

leone. Das war schon auf den ersten Blick zu sehen. Wir brauchen jetzt das Zeug zum Vermessen und Fotografieren der Fundstelle. Und das braucht Zeit! Hoffentlich hält das Wetter.« Damit verschwand sie in ihrem Labor. Und selbst Marco traute sich nicht, ihr bei dieser Laune dorthin zu folgen.

Und noch einer blieb bis zum Abend verschwunden: Schramm. Er schien sich im Maschinenraum regelrecht verbarrikadiert zu haben. Erst als Fabio das Essen auftrug, erschien der Cheftechniker ölverschmiert in der Messe. Er ließ sich neben Frau Wagner auf seinen Stuhl sinken und sagte kopfschüttelnd. »Wir müssen abbrechen. Ich habe die Maschine soweit wieder zusammengeflickt, dass wir sicher nach Havanna zurückfahren können. Aber wir brauchen Ersatzteile, die ich nicht an Bord habe.«

Frau Wagner erblasste und starrte wortlos auf ihren Teller. Katja Söthe verschwand, ohne einen Bissen zu sich zu nehmen, wieder im Labor.

Aber es half alles nichts: Sie mussten zurück nach Havanna. Luzie legte sich missmutig nach dem Essen in ihre Koje. Offenbar war das Abenteuer schon zu Ende, bevor es richtig angefangen hatte!

Ihr Vater weckte sie früh am nächsten Morgen, damit sie wenigstens die Einfahrt in den Hafen oben auf der Kommandobrücke miterleben konnte. Auch Katja kam auf die Brücke, als sie durch die breite Hafeneinfahrt von Havanna schipperten. Im Schneckentempo schob sich die *Constantia* an den alten Festungen vorbei in den großen Hafen. Es begann zu regnen.

»Wo steckt eigentlich Frau Wagner?«, fragte Luzie plötzlich.

»Die hat sich in ihr Büro verkrochen«, antwortete Katja. »Wie ich die kenne, wird sie da auch nicht mehr rauskommen, bis die Technik wieder läuft. So war es zumindest auf Spitzbergen.«

Tim Timm sah über die Schulter zur Archäologin. »Auf Spitzbergen habt ihr auch schon Schätze gesucht?«

Katja nickte grimmig. »Frau Wagner sucht überall nach Schätzen! *Erst die Wissenschaft, dann das Geld!*, sagt sie doch immer. Und eigentlich meint sie damit: Erst das Abenteuer, dann die Wissenschaft, dann das Geld und ganz zum Schluss könnte, wenn alle Glück haben, ein bisschen Vernunft drankommen. Wenn sie herausfindet, dass Amundsen seine Armbanduhr am Nordpol verloren hat, dann werden wir auch eines Tages aufbrechen, um sie wiederzufinden.«

Luzies Vater lachte. »Amundsens Armbanduhr für die Wissenschaft?«

Schließlich musste auch Katja Söthe lächeln. »Na klar! Diese Armbanduhr könnte ja von archäologischer Bedeutung sein – in der Zukunft.«

Dann aber musste sich Tim Timm konzentrieren, um den Anleger der Werft nicht zu verfehlen, in der Schramm die *Constantia* reparieren lassen wollte.

Eine gute Stunde später beobachtete Luzie vom Deck aus, wie Schramm lautstark mit den Mechanikern der Werft diskutierte, aber es war anscheinend nichts zu machen: Die Leute hatten eines der Ersatzteile nicht.

»Ich muss nach Matanzas«, erklärte er, als er schließlich wieder an Bord kam, wo Frau Wagner ihn bereits voll Ungeduld erwartete. »Da fahre ich aber lieber persönlich hin, dann geht es schneller!«

Frau Wagner nickte nur, aber Luzie entging nicht, wie gefährlich leise ihre Kanonenstimme klang, als sie fragte: »Wie lange?«

»Zwei Tage werden wir wohl brauchen«, antwortete Schramm.

Aber da platzte Frau Wagner der Kragen. »Ich sitze hier in der Sackgasse von Havanna und Sie wagen es, zwei Tage Landgang zu wollen?! Fahren Sie sofort los und holen Sie diese verflixten Ersatzteile, Schramm! Es ist mir vollkommen egal, wie Sie das anstellen, aber heute Abend will ich eine laufende Maschine haben!«

Schramm schluckte, nickte und machte kehrt. »Ich gebe mein Bestes, Frau Wagner. Aber zaubern kann ich nicht!«

Luzie blickte zu Marco hinüber. Aber der schien irgendetwas extrem Kompliziertes auszubrüten.

Luzie beschlich das Gefühl, dass er wieder mal klüger war als sie. Und das gefiel ihr ganz und gar nicht.

Auf dem schnellsten Weg

»Ich verstehe diesen Schramm nicht.« Marco warf kopfschüttelnd einen Blick zurück auf die *Constantia*. »So ein Dieselmotor ist doch fast so simpel wie eine Dampfmaschine. Was braucht der denn für ein Ersatzteil, das es hier im Hafen nicht gibt?«

Luzie verdrehte die Augen. »Ist dir schon mal aufgefallen, dass du einfach immer alles besser weißt als alle anderen?«

Marco blieb stehen und sah Luzie erstaunt von der Seite an. Für einen Moment sah es so aus, als hätte Luzie ihm echt etwas Neues gesagt. Aber dann grinste er zufrieden, setzte sich wieder in Bewegung und sagte: »Ja, das ist mir auch schon aufgefallen. Da kannst du mal sehen, von was für Dummköpfen ich umgeben bin.«

Es war Katja, die jetzt aufstöhnte: »O Marco! – Wenn du mit uns in die Stadt willst, dann halt die Klappe!« Nachdem Schramm aufgebrochen war, hatte Katja Söthe sich angeboten, mit Marco und Luzie auf Landgang zu gehen und Havanna zu besichtigen. Sie schlenderten an einigen Fischerbooten vorbei Richtung Altstadt.

Es war nur ein kurzer Moment. Und Luzie hätte später gar nicht mehr sagen können, wie sie ihn bemerkt hatte. Aber plötzlich sah sie ihn aus dem Augenwinkel: Schramm.

»Was macht der …« Sie drehte sich um. Es war tatsächlich Schramm gewesen, der an ihnen vorbeigerannt war. »Da ist Schramm!«, sagte sie.

»Ausgeschlossen«, erwiderte Katja. »Der muss längst auf dem Weg nach Matanzas sein.«

Aber Luzie war sich ganz sicher. Und auch Marco hatte ihn entdeckt. »Luzie hat recht! Das ist er! Da hinten! Bei den Fischerbooten!«

Nun sah auch Katja den schnauzbärtigen Mann. Und er war nicht allein! Mitsamt den beiden kubanischen Tauchern ging er soeben an Bord eines Fischerbootes.

»Was machen die denn noch hier?«, murmelte Katja erstaunt.

»Fragen wir ihn doch!«, schlug Luzie vor.

Aber Marco hielt sie zurück. »Nicht so schnell! Das stinkt doch zum Himmel. Schramm hat gesagt, dass er ein Ersatzteil aus Matanzas holen muss, und jetzt schifft er sich hier mit den Tauchern ein?«

»Vielleicht wollen sie mit dem Schiff nach Matanzas fahren«, überlegte Luzie.

Aber Marco schüttelte den Kopf. »Quatsch, überleg doch mal: Meine Ma hat gesagt, dass Schramm schnell machen soll. Ist ein Boot etwa schnell? Und dass die beiden Taucher mit nach Matanzas fahren, davon war auch keine Rede! Da stimmt doch was nicht!«

»Wir müssen zurück zur *Constantia*, sofort!« Katja rannte bereits los.

Marco und Luzie folgten ihr, so gut es ging. »Was meint ihr, was Schramm vorhat?«, keuchte Luzie.

»Klauen«, japste Katja. »Kann sein, dass er den Schatz auf eigene Faust heben und die besten Stücke verkaufen will.«

»Der Kram gehört ja auch keinem«, warf Marco ein. Selbst im Laufen war sein Mundwerk nicht zu stoppen.

»Falsch, Marco!« Katja rannte bereits die Gangway hinauf zur *Constantia*. »Die Schätze gehören irgendwem!« Sie rang nach Luft: »… einem Staat, einer Familie oder einer Versicherung – aber vor allem …«, sie erreichte die Tür von Frau Wagners Büro, »gehören sie nicht auf den Schwarzmarkt, sondern müssen erst einmal wissenschaftlich untersucht werden.« Sie stieß die Tür zu Frau Wagners Büro auf.

»Was fällt Ihnen ein, hier so hereinzuplatzen, Söthe?!« Frau Wagner saß an ihrem Schreibtisch und hatte den Kopf auf die Schreibplatte sinken lassen. »Ihr wolltet doch ...« Aber dann sah sie die aufgeregten Gesichter von Katja Söthe, ihrem Sohn Marco und Luzie und fragte: »Was ist passiert?«

»Wir haben Schramm gesehen.« Katja rang noch immer nach Luft. »Schramm und die Taucher. Sie haben sich auf einem Fischerboot eingeschifft!«

»Wie bitte?« Frau Wagner sprang von ihrem Stuhl auf. »Sie meinen, dass er auf eigene Faust ...«

Katja Söthe wischte sich den Schweiß von der Stirn. »Was macht er sonst mit unseren Tauchern auf einem Fischerboot?«

»Und Sie sind sich ganz sicher, dass es Schramm war?«

»Was war Schramm?«, fragte Tim Timm, der in diesem Augenblick das Büro von Frau Wagner betrat. »Steckt der etwa hinter der Sabotage am Motor?«

»Sabotage? Wie kommen Sie denn auf Sabotage?« Frau Wagner schwankte. »Warum sollte Schramm am Motor herumgefummelt haben?«

Luzies Vater zuckte mit den Schultern. »Keine Ahnung. Wer auch immer da unten zugange war, die Maschinen sind jedenfalls in Ordnung. Da hat ein Spaßvogel ein Reduzierventil in die Dieselleitung eingebaut, das nur noch einen Bruchteil des Treibstoffs durchlässt.« Luzies Vater wischte seine ölverschmierten Finger an einem Lappen ab. »So ein Schwachsinnsventil habe ich noch nie gesehen. Ich hab's ausgebaut und die Maschinen gerade zur Probe gestartet. Läuft alles bestens.«

»Das darf doch nicht wahr sein!« Frau Wagner sprang wütend von ihrem Stuhl auf. »So sehr kann ich mich in der Qualität von Schramm doch nicht getäuscht haben! Er hat erstklassige Zeugnisse! Er ist ein versierter Ingenieur. Der muss doch sofort sehen, wenn eine Maschine manipuliert wurde!« Plötzlich stockte sie. »Es sei denn …«

»Der Schnösel hat selbst das Reduzierventil eingebaut«, vollendete Marco ihren Satz.

»Aber wann soll er das gemacht haben?« Frau Wagner rang die Hände. »Der war doch ständig bei mir, oder nicht?«

Luzie sah Frau Wagner ungläubig an. Schramm? So ein Quatsch! Den hatte Luzie doch andauernd suchen müssen!

Kapitän Timm zuckte mit den Schultern. »Er kann das Ventil schon vor unserer Ankunft eingebaut haben. Gestern musste er es nur zudrehen und schon spielten die Maschinen verrückt. Vielleicht hatte er einen Helfershelfer. Es ist jedenfalls schon seltsam, was da unten im Schaltraum und bei den Maschinen alles rumliegt.«

»Kapitän Timm!« Frau Wagner schlug mit der Faust auf ihren Schreibtisch. »Ich bin die Chefin dieser Expedition. Wenn Sie etwas zu sagen haben, sagen Sie es klar und deutlich! Andeutungen nutzen niemandem!«

Luzies Vater lehnte sich mit dem Rücken an den Türrahmen. »Ich habe nicht viel Ahnung von diesen Computern und all den Datenleitungen, die Sie durch Ihr Schiff gelegt haben. Aber ein Notebook im Schaltschrank und ein kleiner Bildschirm, der hinter einem Wust aus Kabeln versteckt ist, das finde ich merkwürdig. Ebenso merkwürdig finde ich Weinflaschen hinter Werkzeugkisten!«

Frau Wagner starrte ihn an. »Und beides haben Sie gefunden?«

»Ja.«

Frau Wagner schwankte ein bisschen. »Kann man sich so in einem Mann täuschen? Kann man?« Dann riss sie sich zusammen und kommentierte: »Man kann. Das sehen wir ja gerade. Herr Timm, zeigen Sie mir den Schaltraum! Sofort! Marco, du kommst mit und erklärst uns, welches Kabel wohin gehört!«

Marco bekam einen knallroten Kopf und murmelte: »Ich fürchte, ich muss dir etwas beichten, Ma!«

»Später, Marco! Die Expedition geht vor!« Frau Wagner war schon halb aus der Tür, als sie sich noch einmal herumdrehte. »Wer hat Schramm entdeckt?«

Katja deutete mit dem Kinn auf Luzie.

»Gut gemacht, Mädchen! Schon wieder gut gemacht!« Sie warf Katja ihr Mobiltelefon zu. »Trommeln Sie den Rest der Mannschaft zusammen! Und rufen Sie die Polizei! Wenn Schramm mich wirklich so hinters Licht geführt hat, dann soll er sich wundern! Ich lasse mir den Fund meines Lebens nicht vor der Nase wegschnappen!«

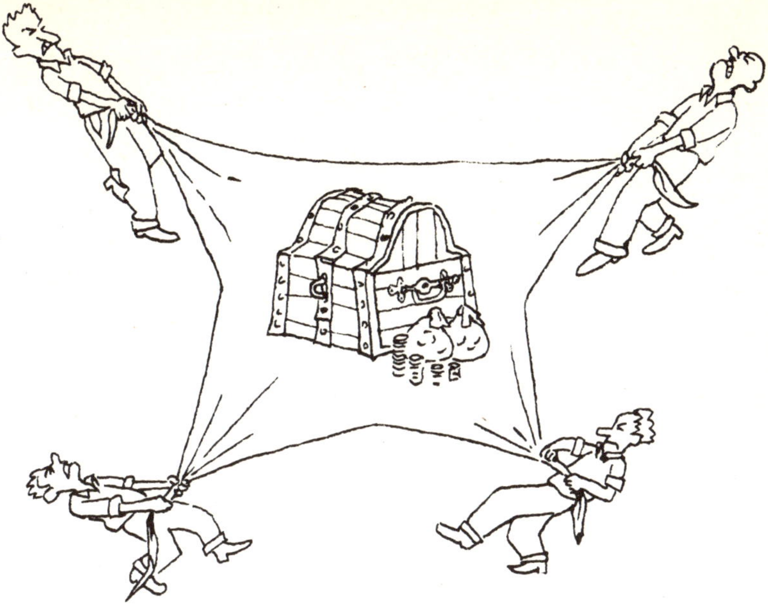

Wem gehört ein Schatz?

Nach einer erfolgreichen Schatzsuche kommt es nicht selten zu einem Streit über die Frage, wem der Schatz gehört. Dabei ist entscheidend, wo das Wrack liegt: Wenn es innerhalb der Hoheitsgewässer eines Staates (also bis zu 12 Seemeilen, das sind 22,22 Kilometer, von der Küste aus) liegt, dann gelten die Gesetze dieses Staates. Da die meisten Wracks vor irgendeiner Küste liegen, kommt es nach einem Fund meist zu einem Rechtsstreit zwischen dem Finder, dem Staat, auf dessen Boden das Wrack liegt, und manchmal auch noch den Nachkommen des letzten Besitzers oder der Versicherung des Wracks. Und dabei kann es vorkommen, dass am Ende die Gerichtskosten höher sind als der Wert des Schatzes! Glück gehabt hat der Amerikaner Mel Fisher, der 1978 die spanische Galeone *Nuestra Señora de Atocha* bergen konnte – den Schatz (47 Tonnen Gold und Silber) durfte er, wie ein amerikanisches Gericht entschied, behalten.

Auf offener See

Es war nicht leicht, die Mannschaft wieder an Bord zu bringen. Zwar war der größte Teil in der erstbesten Hafenkneipe hängen geblieben, aber die Männer waren ziemlich betrunken. Besonders Fabio, der Koch, war so sternhagelvoll, dass ihn zwei Matrosen die Gangway zum Schiff raufzerren mussten.

»Nein! Ich will nich! Ich will mehr Rum!«, rief er immer wieder.

»Du sprichst ja doch deutsch!«, staunte Luzie.

»Aber nur wenn ich rotze-besoffen bin!« Fabio stolperte die Treppe runter. »Außerdem versteh ich k-kein Wort von meim Gelabb-laber. Scusa.« Er schwankte in die Küche, murmelte etwas, das wie »tierisch Seegang« klang, und verschwand in seiner Kajüte.

Zum Glück hatte es nicht alle so schlimm erwischt wie Fabio, sodass die *Constantia* bald wieder startklar war.

Viel schwieriger war es, die Polizei zu alarmieren.

Denn die schien sich nicht im Geringsten für den Fall zu interessieren. Katja stand im Büro von Frau Wagner und flötete per Handy höflich auf die Beamten ein, während die *Constantia* sich zwischen den alten Festungen hindurch auf das offene Meer zuschob. Schließlich knallte sie das Handy wütend auf Frau Wagners Schreibtisch. »Diese Idioten!«

Luzie stand mit dem Rücken gegen die Wand gelehnt und dachte über Fabio nach. Der Koch war mehr als seltsam. Er sprach also doch deutsch, aber nur wenn er betrunken war. Und er war unten im Schaltraum gewesen, kurz bevor die Maschinen ausgefallen waren. Das musste sie unbedingt Frau Wagner sagen! Vielleicht war Fabio, so nett er war, der Übeltäter, den sie suchten? Das würde auch erklären, warum er nicht zurück an Bord der *Constantia* hatte kommen wollen! Vielleicht steckte er sogar mit Schramm unter einer Decke? Oder war Schramm gar kein Schatzräuber und Fabio hatte in Wahrheit seine Finger viel tiefer im Spiel, als sie alle dachten?

Genau das wollte Luzie Frau Wagner gerade sagen, als diese in das Büro gestürmt kam. »Und? Schicken sie ein Schnellboot raus?«

»Nein, sie haben nicht verstanden, dass uns nichts

gestohlen wurde, sondern dem Staat Kuba etwas gestohlen werden wird. Die Polizisten haben mich ausgelacht und gesagt, dass man auf Kuba nur Verbrechen bekämpfen könne, die bereits stattgefunden haben«, erklärte Katja kleinlaut.

Frau Wagner schnappte sich das Telefon. »Und damit habe Sie sich zufriedengegeben, Söthe?« Während sie eine Nummer eintippte, warf sie der Archäologin einen abschätzigen Blick zu. »Mit alten Scherben kennen Sie sich wohl besser aus als mit Menschen, wie?«

»Frau Wagner, Fabio …«, begann Luzie. Aber Frau Wagner winkte ab.

»Hallo? Den Botschafter bitte.« Sie lauschte einen Moment. »Deutsch, genau! Ich spreche deutsch. Und Sie doch auch! Schließlich ist das die deutsche Botschaft, oder nicht? Also bitte, hier spricht Dr. Wagner von EWW. Bitte richten Sie dem Botschafter aus, dass ich ihn sprechen muss. Sobald er eine Sekunde Zeit zum Atmen hat, soll er mich anrufen!«

»Frau Wagner, Fabio war unten im Maschinenraum, als der Motor ausgegangen ist«, versuchte Luzie es erneut.

Plötzlich sah Frau Wagner sie an, als hätte sie jetzt

erst bemerkt, dass Luzie im Raum war. Sie sah sie streng an. Nach einer ziemlich langen Pause sagte sie: »Marco hat mir gestanden, dass er unten im Schaltraum die Leitungen angezapft hat, Luzie! Du brauchst Fabio nicht zu beschuldigen, um von Marco abzulenken. Fabio ist seit seinem sechzehnten Lebensjahr in meiner Firma. Dass er heimliche Weinreserven mit an Bord schmuggeln würde, wusste ich schon, als dein Vater noch vom Alkoholverbot an Bord geträumt hat.« Luzie sah betreten zu Boden. Frau Wagner wählte wieder eine Nummer. »Marco hat mir auch gesagt, dass ihr Schramm gehört habt.«

Luzie sah wieder auf. Natürlich! Ja! Schramm war auch unten im Maschinenraum gewesen! Plötzlich verstand sie auch, warum Marco so nachdenklich geworden war, als Schramm plötzlich nach einem Ersatzteil suchen wollte: Er hatte den Cheftechniker schon im Verdacht gehabt, nicht die ganze Wahrheit über den Zustand der Motoren gesagt zu haben.

»Und jetzt macht, dass ihr rauskommt! Ich muss mit dem Polizeipräsidenten schimpfen! Und dazu brauche ich Ruhe!« Frau Wagner hielt sich das Handy ans Ohr und winkte Katja und Luzie aus ihrem Büro.

Die *Constantia* nahm Fahrt auf. Die Maschinen liefen, als wäre ihnen niemals der Diesel abgedreht worden. Das Schiff pflügte sich durch die Wellen und stemmte sich gegen den aufkommenden Wind.

Luzie zog ihre Regenjacke über, lief an die Bugspitze und sah auf das Meer. Wolkenfetzen zogen über die dunkle See.

»Um was zu sehen, würde ich ja ein Fernglas benutzen«, hörte Luzie plötzlich Marcos Stimme hinter sich.

Luzie verdrehte die Augen.

Aber statt weiter kluge Sprüche abzulassen, reichte der Junge ihr wortlos sein Fernglas. In diesem Moment begann es zu regnen.

Luzie murmelte »Danke« und hielt sich das Glas vor die Augen. Jetzt kam sie sich fast selbst vor wie eine Piratin! Sie waren auf dem Weg zum Schatz und Piraten-Luzie hielt Ausschau …

Aber plötzlich …

Das konnte doch nicht sein!

Luzie nahm das Fernglas von den Augen. Sie wischte die Gläser trocken.

»Da …«

»Was ist?«, fragte Marco.

Luzie sah noch einmal durch das Fernglas. Aber

sie waren weg. Sie suchte ein bisschen – jetzt sah sie sie wieder.

»Da sind …« Sie schluckte. »Wir müssen sie da rausholen!« Sie ließ das Fernglas sinken. Mit bloßem Auge konnte man sie noch nicht erkennen.

»Was zum Kuckuck ist los, Luzie?« Marco schnappte sich das Fernglas und suchte damit das Meer ab.

»Da draußen sind zwei Männer in einem kleinen Ruderboot«, sagte Luzie schließlich. »Da drüben.« Sie zeigte Marco die Richtung, in der sie das Ruderboot gesehen hatte.

»Das sind …« Auch Marco stockte. »Das sind Schiffbrüchige!«, vollendete er schließlich seinen Satz. »Schnell! Wir müssen rauf zum Käpten!«

Luzie sprintete über das Deck. Fast wäre sie auf den regennassen Metallstufen zur Kommandobrücke ausgerutscht. Sie riss die Tür auf.

»Immer mit der Ruhe!«, tönte es von drinnen.

Aber Luzie schrie: »Da draußen, da sind zwei Männer in einem Rettungsboot!«

Tim Timm griff sofort nach seinem Fernglas und ließ sich von Luzie zeigen, wo sie die Männer gesehen hatte.

»Gut aufgepasst, Luzie!«, murmelte er. Dann gab

er dem ersten Offizier den Befehl: »Fahrt drosseln! Vor uns sind Schiffbrüchige! Zwei Mann!«

Zwei Minuten später stand Luzie an der Reling und konnte sie sehen: Vor ihnen schaukelte ein Rettungsboot auf den Wellen herum. Zwei Männer saßen darin und winkten und schrien zur *Constantia* herüber. Das Schiff fuhr langsam neben sie. Die Männer ruderten mit ihrem Rettungsboot an die Ausstiegsplattform für die Taucher heran. Zwei Matrosen der *Constantia* halfen ihnen, an Bord zu kommen.

Die beiden kamen Luzie bekannt vor, aber sie hätte nicht sagen können, wo sie die beiden in Regenjacken verpackten Gestalten schon einmal gesehen hatte. Erst als Katja das aufgeregte Spanisch der Männer übersetzte, erinnerte sich Luzie wieder: Das waren die beiden Fischer, auf deren Boot sich Schramm und die Taucher eingeschifft hatten!

»Schramm hat ihr Boot gemietet«, übersetzte Katja. »Sie sagen, dass er zur Insel *Cayo Coco* wollte. Aber kaum waren sie auf dem offenen Meer, hat er sie mit einer Pistole bedroht, selbst das Steuer übernommen und sie beide im Beiboot ausgesetzt.«

Luzies Vater bekam seinen gefürchteten Tunnelblick. »Der Drecksack will keine Zeugen haben.«

»Offensichtlich.«

»Wir sollten auf die Polizei warten«, mischte sich Marco ein. »Wer weiß, zu was dieser Schramm noch fähig ist, wenn er uns sieht!«

»Was ist los? Warum fahren wir nicht weiter?« Frau Wagner kam in einer signalroten Regenjacke aufs Deck gestürmt. »Ich muss zum Wrack! Die Polizei schickt zwei Schnellboote.«

Aber Luzies Vater schüttelte den Kopf und deutete auf die beiden schiffbrüchigen Fischer. »Sie sehen ja, wozu dieser Schramm fähig ist.«

Frau Wagner brauchte nur Sekunden, bis sie begriff, was passiert war. Sie holte Luft, doch Tim Timm schnitt ihr das Wort ab.

»Ich habe schon einmal ein Schiff in der Karibik verloren. Das passiert mir nicht noch einmal!« Er sah zu Luzie hinüber. »Koch den beiden Männern einen Tee, Luzie. Und versuch Fabio zu wecken. Falls die Saufnase schon wieder stehen kann, soll er ihnen eine Suppe machen.« Dann drehte er sich um, lief zurück Richtung Kommandobrücke und sagte halblaut: »Wir warten hier auf die Schnellboote.«

»So eine Unverschämtheit!«, tobte Frau Wagner. »Ich bin hier die Chefin, Herr Timm! Es ist *mein* Schiff, *meine* Verantwortung und *meine* Expedition!

Sie sind hier nur, weil *ich* Sie dafür bezahle! Und ich befehle Ihnen …« Weiter kam sie nicht.

Kapitän Timm fuhr herum. »Sie haben mir überhaupt nichts zu befehlen!«, donnerte er los. »Ich riskiere nicht das Leben der Mannschaft, und das von zwei Kindern, nur wegen ein paar ollen Kisten Gold! Ich bin hier der Kapitän! Und wenn Ihnen nicht passt, was ich sage, dann können Sie mich ja in einem Beiboot aussetzen! Aber eins sage ich Ihnen: Ich fahre keine einzige Seemeile weiter ohne Polizeischutz!«

Frau Wagner machte den Mund auf. Dann machte sie den Mund wieder zu. Sie brachte keinen Ton raus, rannte vom Deck, dann verschwand die rote Regenjacke irgendwo hinter einer der zahlreichen Stahltüren.

Kapitän Timm sah in die Runde. »Wir warten hier. Sobald die Schnellboote kommen, geht es weiter.« Dann ging er mit einem ernsten Blick auf die Wolken zurück auf die Kommandobrücke, um den Stillstand der Maschinen zu überwachen.

Luzie warf einen Blick hinüber zu Marco. Der stand genauso sprachlos auf dem Deck wie der Rest der Mannschaft.

Wer darf einen Schatz bergen?

Wer ein altes Wrack innerhalb der Hoheitsgewässer eines Staates findet, sollte sich hüten, es einfach zu bergen. Die spanische Regierung zum Beispiel hat alle Wracks, die in ihren Küstengewässern liegen, kurzerhand zu nationalem Kulturgut erklärt. Wer also eine alte spanische Galeone vor der spanischen Küste findet, darf das Wrack ohne Genehmigung nicht anrühren – er kann sonst wegen der Zerstörung eines spanischen Kulturgutes angezeigt werden. Die spanische Regierung hat sogar alle Wracks innerhalb der 200 Meilen Zone (also 370,4 Kilometer vor der Küste!) zu nationalem Kulturgut erklärt – das wird aber von vielen anderen Staaten nicht anerkannt.

Vor dem Sturm

»Da sind sie!« Marco ließ das Fernglas sinken.

Luzie stand neben ihm am Heck der *Constantia* und betrachtete angestrengt den Horizont. Plötzlich tauchten zwei Punkte auf, die schnell größer wurden und näher kamen – es waren die Schnellboote!

»Jetzt kann Schramm einpacken!«, sagte Luzie.

»Wenn er nicht schon längst fertig ist«, gab Marco zu bedenken. »So einem Typ wie Schramm ist ja die Galeone egal – der sprengt die zur Not einfach unter Wasser, um an die Goldschätze zu kommen.«

Schon wenige Minuten später zischten die Schnellboote an der *Constantia* vorüber.

Luzies Vater warf die Maschinen wieder an und folgte ihnen in sicherem Abstand.

Offenbar waren die Schnellboote schneller, als Schramm gedacht hatte. Sobald er sie entdeckte, sprang der ehemalige Cheftechniker der *Constantia* zum Steuer des Fischerbootes, warf den Motor an und wollte abhauen. Aber eines der Polizeiboote versperrte ihm den Weg. Das zweite fuhr längsseits neben das Fischerboot. Zwei Polizisten sprangen an Bord und legten Schramm Handschellen an.

Endlich kam auch die *Constantia* so nah an das Geschehen heran, dass man Schramms wütendes Geschrei verstehen konnte. In seiner Aufregung schien er glatt vergessen zu haben, dass die kubanischen Polizisten spanisch sprachen. Schramm schimpfte auf Deutsch auf sie ein: »Was soll denn das? Das ist Freiheitsberaubung! Ich habe eine Genehmigung, hier einen Schatz zu bergen, bevor der Sturm kommt!«

Frau Wagner schüttelte den Kopf. Sie stand neben Marco und Luzie an der Reling der *Constantia* und rief ihrem ehemaligen Mitarbeiter zu: »*Ich* habe die Genehmigung und sonst niemand!«

In diesem Moment kamen die Köpfe der beiden Taucher aus dem Wasser. Als sie die Polizisten bemerkten, zuckten sie zusammen. Sie schienen zu überlegen, ob sie wieder abtauchen sollten. Aber dann sahen sie die Waffen der Beamten und kletterten bereitwillig an Bord des einen Polizeibootes. Auch ihnen wurden direkt Handschellen angelegt.

»Angeblich sind sie von Schramm angeheuert

worden, um ein paar Kisten zu bergen«, übersetzte Katja die Wortfetzen, die sie aufschnappen konnte.

»Und warum sind sie dann nicht an Bord der *Constantia*?«, fragte Tim Timm kopfschüttelnd.

Katja Söthe grinste. »Das fragt der Polizist auch gerade.« Und sie übersetzte auch die Antwort der Taucher sofort: »Das haben sie angeblich selbst nicht verstanden. Sie verstehen ja kein Deutsch.«

Luzies Vater knurrte: »Wer's glaubt, ist selbst schuld.«

Frau Wagner stand noch immer an der Reling und schimpfte eine geschlagene Viertelstunde auf Schramm ein: Sie drohte Schramm mit einer ganzen Armada von Anwälten, kubanischen, amerikanischen und deutschen, die Schadenersatz einklagen würden. So eine absolut bodenlose Sauerei sei ihr noch nie untergekommen.

Erst als der erste Offizier Schmitz zu ihr trat und ihr einen Zettel reichte, verstummte sie schlagartig.

»Die Wetterdaten?«, fragte Luzie.

Schmitz nickte. »Sieht übel aus. Auf dem Ozean braut sich tatsächlich ein Sturm zusammen.«

Frau Wagner starrte auf das Papier. Dann sah sie zu Katja hinüber. »Wie lange brauchen wir zur Bergung, Söthe?«

Schlechtes Wetter in Sicht!

Wenn die See sehr bewegt ist, ist das Tauchen zu gefährlich. Da es in der Karibik alljährlich Wirbelstürme (sogenannte Hurrikane) gibt, müssen die Schatzsucher das Wetter sehr genau beobachten. Dabei helfen Meteorologen, die das Wetter genau studieren und ständig Vorhersagen und Unwetterwarnungen machen. Von den Seewetterstationen an Land werden die Seefahrer auch über Funk gewarnt, wenn ein Unwetter aufzieht. Diese Wettermeldungen und Unwetterwarnungen werden auf einem Schiff wie der *Constantia* automatisch von einem Gerät empfangen und aufgezeichnet.

Katja schluckte. »Selbst wenn wir mit zwei Tauchern arbeiten könnten, bräuchten wir mindestens eine Woche, um einen Einstieg ins Boot freizulegen, ohne das Wrack zu beschädigen. Dann müssen wir das Alter des Wracks und die Ursache für den Untergang bestimmen. Das kann, wie Sie wissen, länger dauern. Und was an Bord ist, wissen wir ja auch noch nicht genau … Einen exakteren Zeitplan kann ich erst aufstellen, wenn …«

»Zwei Tage!«, schnitt ihr Frau Wagner das Wort ab. »Der Sturm gibt uns höchstens zwei Tage!«

Katja Söthe rang die Hände. »Aber Frau Wagner, eine wissenschaftlich einwandfreie Arbeit …«

»Vergessen Sie's, Söthe!« Frau Wagner drückte ihr das Blatt mit den Wetterdaten in die Hand. »Wir haben zwei Tage. Was wir jetzt nicht raufholen, ist verloren. Für uns, für die Wissenschaft und fürs Museum!«

»Können wir nicht einfach zurück nach Havanna fahren und abwarten, bis der Sturm vorbei ist?«, flüsterte Luzie Marco zu. Doch Frau Wagner hatte ihre Ohren überall.

»Das Wetter kippt!« Frau Wagner blickte kurz Richtung Himmel, an dem noch immer dunkle Wolken trieben. Es kostete sie sichtlich Mühe, freundlich zu bleiben, als sie fortfuhr: »Die Fundstelle des Schatzes kennen jetzt nicht nur wir, sondern auch zwei kubanische Taucher, mein betrügerischer Schramm, zwei Fischer und an die zwanzig Polizisten!« Sie deutete mit dem Daumen über die Schulter auf die drei Schiffe, die gerade aus der Bucht Richtung Havanna fuhren. »Bei so vielen Zeugen wird irgendjemand quatschen! Wahrscheinlich steht schon morgen in der Zeitung, was hier draußen passiert ist! Und das heißt, dass es hier spätestens ab übermorgen von Schatzräubern nur so wimmeln wird!«

Luzies Vater kratzte sich am Kinn. »Tja, wenn das so ist, dann sollten wir keine Zeit verlieren.«

»Eben! Aber es nützt alles nichts!« Frau Wagner stampfte mit dem Fuß auf. »Es ist zum Kotzen! Es ist einfach zum Kotzen! Jetzt dümpeln wir hier über dem Fund und kommen nicht dran! Und an allem ist dieser Schramm schuld!«

»Wieso kommen wir nicht dran?«, entfuhr es Luzie.

Frau Wagner setzte ein gekünsteltes Lächeln auf und antwortete mit kaum unterdrückter Wut: »Weil uns dazu erstens zwei Taucher fehlen, die den Airlift unter Wasser bedienen und Frau Söthe helfen. Und zweitens haben wir niemanden, der sich mit der Steuerung des Airlifts hier oben auf dem Deck auskennt!«

»Falsch, Ma! Wir haben die Taucher und den Techniker an Bord«, unterbrach Marco.

Luzie hielt die Luft an. Der Blick, den Frau Wagner ihrem Sohn zuwarf, verhieß nichts Gutes.

»Und wer soll das sein, mein allwissender Sohn?«

Marco zuckte lässig mit den Schultern. »Den Airlift habe ich schon längst studiert. Den kann ich bedienen.« Er zwinkerte Luzie zu und sagte: »Und Käpten Timm kann tauchen. – Das stand ja in seinen Bewerbungsunterlagen.«

Frau Wagner knirschte genervt mit den Zähnen. »Okay, selbst wenn Käpten Timm bereit wäre, mit runterzugehen – dann hätten wir Frau Söthe und Herrn Timm. Das wären zwei Taucher, mein Sohn. Aber wir brauchen drei!« Sie verdrehte die Augen. »Himmel! Mein eigener Sohn kann nicht bis drei zählen! Siehst du hier irgendwo einen dritten Taucher, Marco?«

Marco nickte.

»Wo denn?«, fragte seine Mutter.

Marco grinste. Dann deutete er auf Luzie. »Da.«

Santa Clara

»Kommt nicht infrage! Kommt überhaupt nicht infrage! Ausgeschlossen!«

Frau Wagner redete sich den Mund fusselig. Sie sagte, dass die Zeit nicht reichen würde, um neue Taucher in Havanna anzuheuern. Sie beschwor den Kapitän, dass das Wetter ihnen nur noch zwei Tage Ruhe gönnen würde. Es ginge um den Fund ihres Lebens. Aber Tim Timm blieb stur.

»Vergessen Sie's! Es gibt keine passende Ausrüstung für Luzie an Bord.«

»Doch!«, entfuhr es Luzie. »Ich habe …«

Ihr Vater sah sie streng an. »Du hast was?«

»Ich habe vergessen, meine Tauchausrüstung wieder aus dem Koffer auszupacken, als du mir verboten hattest, sie mitzunehmen.«

Tim Timm verzog keine Miene. »Du meinst, du hast vergessen, mir zu gehorchen?«

Luzie sah betreten zu Boden.

»Mädchen, das hast du großartig gemacht!«, schaltete sich Frau Wagner ein.

Aber ihr Vater musterte Luzie mit einem Blick, den sie nicht recht zu deuten wusste.

»Bitte, Papa! Das Wrack liegt in zehn Meter Tiefe! So tief bin ich doch schon ganz oft getaucht!«, bettelte sie.

»Zu gefährlich!«, brummte Tim Timm.

»Luzie muss ja nicht mit *in* das Wrack tauchen«, warf Katja ein. »Sie braucht nur *an* das Wrack zu tauchen. Wenn sie nur draußen den Airlift festhält, ist uns schon gedient. Ich habe eben nur zwei Hände.«

Tim Timm schwieg. Er schwieg lange.

Er sah von Katja zu Luzie. Und von Luzie zu Katja. Und von Katja zu Frau Wagner. Und schließlich gab er nach. »Also gut. Aber unter einer Bedingung.«

Frau Wagner knirschte mit den Zähnen. »Es ist nicht der richtige Augenblick, um über Geld zu verhandeln, Herr Timm!«

»Meine Bedingung: Es gibt vier Leute, die den Tauchgang abbrechen dürfen: Das sind Katja Söthe, Luzie, ich und …« Luzies Vater sah an Frau Wagner vorbei, »… Ihr Sohn Marco.«

»Was? Marco?« Frau Wagner war schon wieder kurz davor zu explodieren.

»Er ist vernünftig genug, nicht das Leben der Mannschaft zu riskieren, um einen Schatz zu bergen!« Der Kapitän verschränkte die Arme vor der Brust. »Entweder Sie sind mit dieser Bedingung einverstanden oder wir blasen das Ganze ab!«

Frau Wagner verzog das Gesicht, als müsste sie eine Kröte in Senfsoße schlucken, aber sie willigte ein.

Luzie hätte jubeln können! Sie würde tauchen! Sie würde nach dem Wrack tauchen und den Schatz bergen!

Sie zwinkerte Marco zu und formte mit ihren Lippen ein stimmloses: »Danke!«

Marco grinste gönnerhaft und formte mit seinen Lippen ein ebenso stimmloses: »Bitte!«

Er rieb sich die Hände und sagte: »Also gut, fangen wir an!« Dann erklärte der zehnjährige Junge den erstaunten Matrosen, was sie zu tun hatten. Tim Timm übergab das Kommando für die Zeit, die er selbst unter Wasser sein würde, dem ersten Offizier Schmitz.

Luzie beeilte sich, endlich ihre nagelneue Tauchausrüstung anzulegen.

Tim Timm kontrollierte alles mit ernster Miene. »Scheint ja zu passen«, sagte er schließlich.

»Passt wie angegossen!«, sagte Luzie. »Aber was ist mit dir? Hat die Wagner etwa eine Ausrüstung für dich an Bord?«

Da kramte ihr Vater grinsend seine eigene Tauchausrüstung aus seinem Seesack.

»Mir scheint, ich habe doch tatsächlich auch vergessen, meine Tauchklamotten aus dem Seesack wieder rauszuräumen …«

»Papa! Hattest du etwa deine Tauchklamotten die ganze Zeit dabei?« Luzie zog ihre Augen zu Schlitzen zusammen.

Aber Tim Timm zuckte nur mit den Schultern. »Ich hatte gedacht, dass wir vielleicht noch ein oder zwei Tage an die Expedition dranhängen könnten, um ein bisschen vor der Küste Kubas zu tauchen. Die Korallen hier sollen jedenfalls schöner sein als die alten Ölfässer in der Elbe.« Er legte seinen leuchtend blauen Taucheranzug an. »Und irgendwie war ich mir relativ sicher, dass du nicht auf mein Verbot hören würdest …« Tim Timm angelte seine schwarzen Schwimmflossen aus dem Seesack und wurde schlagartig wieder ernst. »Denk dran, Luzie: Das Meer ist kein Baggersee! Sobald dir etwas merkwürdig vorkommt, sagst du mir Bescheid, verstanden?«

Luzie nickte ungeduldig. »Klar!«

Dann endlich liefen sie an Deck, wo Katja schon die Tauchflaschen mit der Atemluft befüllt hatte. Luzie kontrollierte ihre Flasche und schloss sie an die Lungenautomatik an. Ihr Vater half ihr, den Druck richtig einzustellen. Katja reichte ihnen die kleinen Ohrhörer und Minimikrofone für den Sprechfunk und half Luzie auch, beides richtig unter der Tauchmaske anzulegen.

Frau Wagner stand derweil auf der Brücke und staunte Bauklötze: Ihr Sohn Marco erklärte Luzie und Tim Timm fachmännisch, wie sie das untere Ende, das flexible Rohr des Airlifts halten mussten. Er zeigte Luzie auch den Hebel, mit dem sie das Gerät einschalten, und den Notknopf, mit dem sie das Gerät sofort ausschalten konnte. Dann gab er den Matrosen mit fester Stimme Anweisung, wo und wann sie dieses Rohr ins Wasser lassen sollten. Anschließend holte er sich mit größter Selbstverständlichkeit sein Notebook aufs Deck, stellte die mobile Steuerungseinheit des Airlifts daneben und gab einem Matrosen den Befehl zum Klarmachen des Krans.

»Alles klar, Chef!«

Luzie nickte ihm grinsend zu. »Die nächste Expedition leitest du, oder?«

Marco sah kurz von seinem Bildschirm auf und nickte ernst. »Klar. Kommst du mit?«

Natürlich, dachte Luzie. Aber sagen konnte sie nichts mehr. Denn ihr Vater und Katja setzten bereits ihre Tauchmasken auf! Sie schlüpften in die Schwimmflossen, schnallten sich die Tauchflaschen auf den Rücken und setzten die Stirnlampen auf. Sie kontrollierten noch einmal den Zustand der Flaschen, Atemgeräte und Brillen. Dann watschelten sie zur Ausstiegsplattform am Heck der *Constantia*.

Luzie spürte das Kribbeln im Bauch, das sie immer spürte, bevor sie tauchte. Die Maske saß eng an der Stirn und der Gürtel mit den Bleigewichten zog nach unten.

Katja machte den Anfang. Sie sah noch einmal auf ihre Uhr, nickte Luzie und ihrem Vater zu und ging mit einem großen Schritt ins Wasser.

Ihr folgten Luzie und ihr Vater.

Es war nicht gut.

Es war besser.

Viel besser.

Besser als das Tauchbecken in der Tauchschule. Besser als der Baggersee und besser als die Ostsee. Das Wasser war unglaublich klar und schon kurz nach dem Abtauchen bemerkte Luzie die ersten bunten Fischschwärme!

»Bleib schön hinter Katja!«, mahnte Luzies Vater über den Sprechfunk.

Aber dann sagte auch er nichts mehr. Denn im Schein ihrer Lampen tauchte es vor ihnen auf: das Wrack.

Es war noch viel deutlicher zu erkennen, als Luzie nach allem, was sie bereits am Bildschirm gesehen hatte, erwartet hätte. Die beiden Masten waren abgeknickt und ebenso wie der Rest des Schiffs mit Korallen, Schlamm und allerlei Seepflanzen bedeckt. Aber die Form des Schiffs war selbst unter dieser Schicht noch deutlich zu erkennen.

»Da drüben sind Schramms Leute reingegangen!« Katja zeigte auf ein Loch im Korallenhügel. »Wir müssen den Einstieg vergrößern – aber vorsichtig! Saugt erst mal den Sand weg.«

Luzies Vater, der das Rohr des Airlifts die ganze Zeit mitgeführt hatte, reichte Luzie das Gerät. Sie legte den Hebel um und spürte schon nach wenigen Sekunden den leichten Sog, der vom Rohr auf ihre linke Hand wirkte.

»Käpten, helfen Sie mir hier drüben!« Katja Söthe und Tim Timm vergrößerten mit Äxten das Loch.

Luzie stieß plötzlich auf Holzsplitter. Das musste der Rest von einem der Masten sein, denn der Stamm war ziemlich dick. Luzie saugte den Stumpf des abgebrochenen Mastes frei, als etwas im Schein ihrer Lampe blinkte. Sofort schaltete sie den Airlift aus.

»Katja! Papa! Hier ist was!«, sagte Luzie. Sie wischte mit der Hand noch ein wenig Sand weg und dann sah sie deutlich vor sich: die Schiffsglocke – der Name des Schiffs war eingraviert: *Santa Clara*!

»Wow!«

»Was ist los?«, hörten sie Frau Wagner von oben über Sprechfunk sagen.

Katja Söthe hielt ihre kleine Unterwasserkamera, die sie neben ihrer Stirnlampe am Kopf befestigt hatte, auf Luzies Fund: »Luzie Timm hat soeben die *Santa Clara* entdeckt, Frau Wagner!«

Der Jubel, der an Bord der *Constantia* ausbrach, war sogar durch den Sprechfunk zu hören.

»Ich gehe jetzt rein«, sagte Katja.

Dann verschwand sie mit ihrer Stirnlampe und der Kamera im Innern des Wracks. Luzie und ihr Vater warteten vor dem Loch. Luzie konnte es immer noch nicht fassen: Seit knapp 400 Jahren lag das Schiff nun auf dem Grund des Meeres und niemand hatte es seitdem betreten!

Katjas Funkspruch riss sie aus ihren Gedanken: »Scheiße! Ich hänge fest!«

Luzies Herz klopfte schneller. Ruhig bleiben, dachte sie. Ganz ruhig weiteratmen. Nur keine Panik! Niemals Panik unter Wasser bekommen – das hatte sie von ihrem Tauchlehrer am Baggersee beigebracht bekommen.

»Wir kommen rein!«, gab Luzies Vater durch den Sprechfunk zurück. »Luzie, bleib dicht bei mir und rede, rede, rede! Hörst du mich?«

»Ja!«, antwortete Luzie.

»Probleme?«, hörte Luzie Frau Wagners nervöse Stimme über Sprechfunk.

»Nichts Ernstes!«, antwortete Luzies Vater knapp.

Luzie nickte der Tauchermaske, hinter der ihr Vater steckte, zu, und dann tauchten sie durch das Loch!

Im Schiffsinnern war es stockfinster. Sie sahen nur, soweit ihre Lampen leuchteten.

»Ihr kommt durch einen Raum mit Kanonen rein!«, hörten sie Katja sagen. »Am Ende gibt es eine Klappe nach unten. Da müsst ihr runter. Ich hänge irgendwo an der Klappe!«

»Da drüben ist sie!« Luzie hatte den Lichtkegel von Katjas Stirnlampe entdeckt.

»Hab sie!« Luzies Vater war mit wenigen Schlägen seiner Schwimmflossen bei der Archäologin.

»Ich häng irgendwo hinten!« Katja deutete auf ihren Rücken.

Luzies Vater brauchte nicht lange zu suchen. »Eine abgerissene Planke.« Er brach das Holzstück, das sich zwischen Katjas Rücken und ihre Flaschen geklemmt hatte, ab und zog es vorsichtig heraus. »Sind Sie verletzt?«

»Nein, alles klar«, sagte die Archäologin.

»Sollen wir abbrechen?«, fragte Tim Timm.

Aber die Archäologin deutete nur auf die Luke, durch die sie tauchen wollte. »Da unten muss es sein!«

Luzies Vater nickte.

Katja glitt vorsichtig durch die Luke. Ihr folgte Luzie. Und schließlich ihr Vater. Die Archäologin hatte recht gehabt: Sie gelangten tatsächlich in den Laderaum der *Santa Clara*. Der Raum war kleiner, als Luzie erwartet hatte. Vor einer von Seepocken und Algen überwucherten Holzwand standen schwere Holzkisten und Fässer, die zum Teil von Seepocken und Salzwasser zerfressen und aufgebrochen waren.

Katja wischte etwas Sand vom Boden vor einem

zerfallenen Fass. Darunter kamen schwarze, zum Teil zu Klumpen verbackene Münzen zum Vorschein. Und zwar ziemliche Mengen!

»Das sind Silbermünzen! Die sind im Salzwasser korrodiert«, sagte Katja. »Wenn wir Glück haben, sehen die Münzen in den unbeschädigten Fässern noch etwas frischer aus!«

Luzie vergaß vor Aufregung beinahe zu atmen.

Aber dann tauchte die Archäologin zur Wand hinter den Kisten und Fässern. Als Katja vorsichtig eine der Holzplanken dieser Wand abnahm, blinkte eine Stelle plötzlich honigfarben im Licht der Stirnlampen.

Gold! Hinter der Holzverkleidung wartete eine Wand aus Goldbarren auf sie!

Katja, Tim und Luzie brachten keinen Ton heraus.

»Was ist?«, hörten sie Marco von oben ungeduldig sagen. »Seid ihr noch da? Es gibt so viele Störungen auf dem Bildschirm! Habt ihr was?«

Es dauerte eine ganze Weile, bis Katja endlich antwortete. »Fund!«

»Nämlich?«, hakte nun Frau Wagners Kanonenkugelstimme nach.

»Volles Pfund«, antwortete Tim Timm. »Könnte ein bisschen mehr sein, als Sie dachten.«

Ein bisschen – Luzie hätte fast lachen müssen. Ihr Vater untertrieb mal wieder ohne Ende! Katja hebelte gerade eine der Holzkisten auf, die sie hinter den Fässern mit den Silbermünzen entdeckt hatte. Und was da zum Vorschein kam, übertraf einfach alles: Es waren Masken, Ketten, Armreifen, sogar Tiere aus purem Gold!

»Fund!«, wiederholte Katja. »Wir kommen rauf. Wir brauchen Zeug, um das alles zu vermessen und ordentlich zu dokumentieren. Außerdem den Kran und den Transportkäfig. Und eine Pause.«

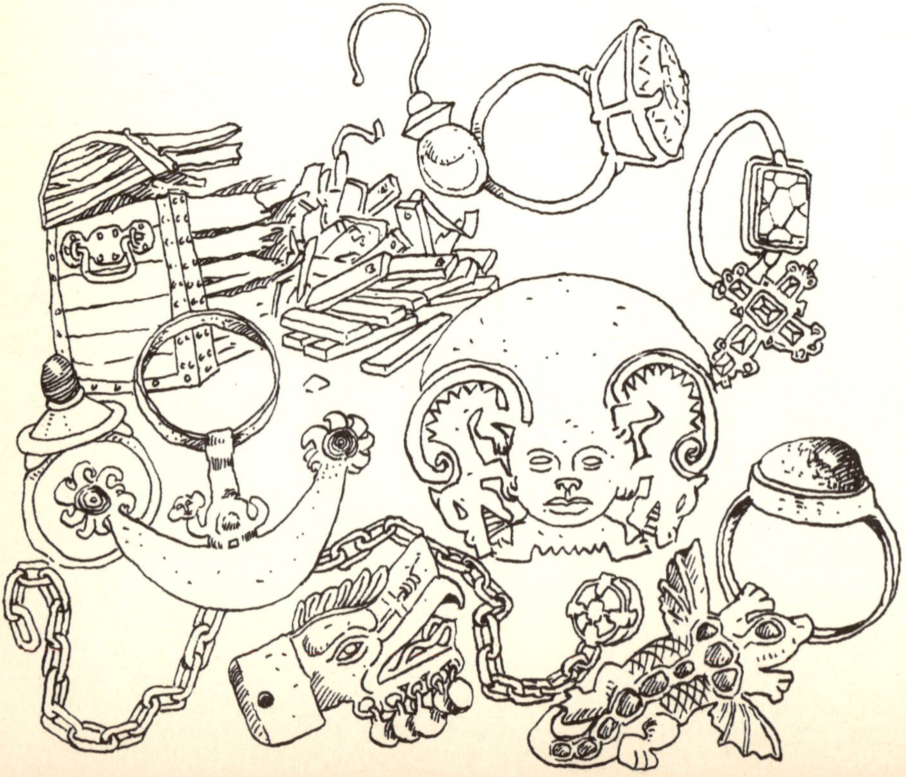

Wie kommt das Gold auf den Meeresboden?

Die spanischen Eroberer haben die Indianer Südamerikas nicht nur in blutigen Kriegen besiegt, sie haben sie auch ausgeraubt. Das Gold der Inka, Maya und Azteken brachten die Spanier über den Atlantik zu sich nach Europa. Spanien wurde dadurch reich. Aber so viel Reichtum weckte auch Neid – den Neid anderer Staaten. England und die Niederlande erlaubten daher manchen Kapitänen (den sogenannten Freibeutern, also Piraten), mit ihrer Mannschaft die schwerfälligen, mit Gold und Silber beladenen spanischen Galeonen auszurauben. Zahlreiche spanische Galeonen (aber auch viele Piratenschiffe) sind in der Folge in Seeschlachten gesunken – und mit ihnen die Gold- und Silberschätze. 3000 Schiffe der spanischen Krone werden übrigens noch vermisst – sie waren voll beladen mit Gold und Silber!

Am Ziel

»Fabio, schmeiß den Senf über Bord! Bring uns Hummer!« Sie hatten es geschafft. Luzie saß völlig k. o. im heftig schaukelnden Speisesaal der *Constantia*. Katja, Luzie und ihr Vater hatten fast zwei volle Tage gebraucht, um die Kisten, Fässer, Goldbarren und Silbermünzen aus dem Wrack zu bergen. Wenn Frau Wagner nicht per Telefon weitere Taucher gerufen hätte, die am zweiten Tag endlich auf einem zweiten Schiff eingetroffen waren, hätten sie es vor dem Sturm nicht mehr geschafft.

Katja hatte sich inzwischen mit ein paar der schönsten Stücke des indianischen Schmucks in ihr Labor zurückgezogen und mit der Untersuchung begonnen. Frau Wagner saß endlich auf ihrer ersehnten Schatzkiste und freute sich ein Loch in den Bauch. Und dazu hatte sie auch allen Grund: Juan de Altonara, Kapitän der *Santa Clara*, hatte in dem Gerichtsprozess nämlich offenbar kräftig gelogen. Es waren nicht 200, sondern an die 500 Goldbarren an Bord der *Santa Clara* gewesen, als diese unterging.

Blieb nur zu hoffen, dass es die *Constantia* mit dieser schweren Ladung bis Havanna schaffen würde, denn der Sturm machte sich in der aufgewühlten See schon heftig bemerkbar.

Luzie wurde durch Frau Wagners Kanonenkugelstimme aus ihren Gedanken gerissen.

»Leute, ich muss euch etwas Wichtiges sagen: Ich habe einen Vertrag mit der kubanischen Regierung, der der Schatz – wie ihr alle wisst – laut kubanischem Recht zusteht, ausgehandelt. Die archäologisch interessanten Stücke bekommt die Universität von Havanna – allerdings dürfen wir uns ein bisschen was davon für eine weltweite Wanderausstellung ausleihen. Die archäologisch uninteressanten Stücke«, sie sah in die Runde, »und dazu gehören Goldbarren …« Ein Raunen ging durch die Mannschaft. »… die werden geteilt. Ein Drittel kriegt Kuba, zwei Drittel kriegen wir als Finderlohn! Welchen Anteil jeder von euch bekommt, steht in euren Verträgen.«

Für einen Augenblick schwieg die Mannschaft. Alle schienen angestrengt zu rechnen. Dann aber brach plötzlich der Jubel aus.

»Ach, und Fabio!«, rief Frau Wagner dem Koch hinterher. »Falls du noch eine Flasche Schampus an

Bord versteckt hast: Jetzt wäre ein guter Augenblick, um einmal gegen die eiserne Regel von Kapitän Timm zu verstoßen!« Frau Wagner grinste über den Tisch zu Luzies Vater. »Eine kleine Ausnahme zur Feier des Tages ist doch sicherlich drin, oder, Käpten?«

Luzie wagte kaum hinzusehen. Ihr Vater hasste Ausnahmen. Das wusste Luzie. Und das wusste auch Frau Wagner. Aber Luzies Vater lächelte nur und sagte: »Natürlich, eine Ausnahme. Zur Feier des Tages!«

Fabio rieb sich die Hände und sauste sofort los.

Der Koch hatte die Messe kaum verlassen, als Katja Söthe den Raum betrat.

Frau Wagner sah sie gespannt an. »Und?«

Die Archäologin kratzte sich am Hinterkopf und machte ein nachdenkliches Gesicht. »Tja, das ist merkwürdig, sehr merkwürdig, Frau Wagner. Diese Fundstücke sind ziemlich sicher von Indianern hergestellt worden. Aber …«

»Verflixt noch mal, Söthe!« Frau Wagner rutschte auf ihrer Goldkiste hin und her. »Machen Sie es nicht so spannend. Raus mit der Sprache! Azteken?«

Die Archäologin schüttelte den Kopf. »Die Stücke, die ich untersucht habe, sind älter. Viel älter.

Wahrscheinlich von den Maya.« Und nach einer Pause fügte sie hinzu: »Und ich habe selten so gut gearbeitete Stücke zu Gesicht bekommen!«

Frau Wagner strahlte und rief: »Fabio! Wo bleibt der Schampus?!«

Fabio erschien mit einer dicken Champagnerflasche wieder im Raum. Einer der Matrosen brachte ein Tablett mit Gläsern herein. Fabio ließ den Korken knallen und goss allen ein. Allen! Auch Marco, Luzie und Käpten Timm drückte er ein Glas in die Hand.

»Stoßen wir an auf die beste Mannschaft, die ich je hatte!« Frau Wagner stand auf und musste sich wegen des Seegangs an der Tischkante festhalten. »Und auf einen der größten Schätze der Karibik! Und natürlich auf unsere zwei besten Leute an Bord!« Frau Wagner machte eine Pause. Sie strahlte in die Runde, als wüsste jeder, wer gemeint sei. Dann rief sie: »Auf Marco und Luzie!«

Luzie spürte, dass sie knallrot im Gesicht wurde. Die ganze Mannschaft stand auf und rief wie aus einem Munde: »Auf Marco und Luzie!«

Luzie selbst musste mit allen anstoßen. Sie warf einen Blick rüber zu Marco. Auch er hatte einen ganz und gar roten Kopf und sah verlegen auf den

Boden. Aber dann stieß ihr Vater mit ihr an und flüsterte: »Erzähl bloß nicht deiner Mama, was wir hier gemacht haben! Aber merk dir eins: Du warst großartig! Fast so großartig wie Apfelschorle!«

Apfelschorle?, dachte Luzie. Was hatte denn Apfelschorle mit dem Schatz zu tun?

Ihr Vater zwinkerte ihr zu und führte sein Glas an die Lippen. Luzie kapierte noch immer nicht. Erst als sie einen winzigen Schluck vom Champagner kostete, verstand sie, was ihr Vater da zu grinsen hatte: Das, was in ihrem Glas war, war nichts anderes als …

»Apfelschorle!« Frau Wagner stampfte wütend mit dem Fuß auf. »Fabio, was soll das? Wir stoßen immer mit Champagner an! Bei jedem Fund! Bei jeder Expedition! Und ausgerechnet heute, beim größten Fund in der Geschichte der Firma EWW bringst du uns Apfelschorle?«

Aber Fabio verstand die Welt selbst nicht mehr.

»Sie trinken immer Schampus? Na, aber zur Feier des Tages können Sie doch sicherlich mal eine Ausnahme machen, oder, Frau Wagner?«, fragte Luzies Vater lachend und verließ mit Luzie die Messe, um hinauf zur Kommandobrücke zu steigen.

»Meinst du, dass wir kentern?«, fragte Luzie mit bangem Blick aufs Meer. Die Wellen waren schon ganz schön hoch und manche brachen über der Bugspitze der *Constantia*.

Tim Timm schüttelte den Kopf. »Ausgeschlossen, Luzie. Wir sind ja schließlich nicht besoffen! Bevor der Sturm richtig gefährlich wird, sind wir längst im sicheren Hafen von Havanna. Versprochen.«